在人生的道路上，每一个人都是孤独的旅客。与其舒舒服服，懵懵懂懂活一辈子，倒不如品尝一点不平常的滋味，似苦而实甜。

生而为人，孰能无情，
一个"情"字不就是人之所异于禽兽的那一点"几稀"吗？

吾倦矣

朋友久不见
见面也没啥
说说江湖事
喝盃明前茶

辛丑初春雨水日
老村造图并记

每个人都争取一个完满的人生。然而,自古及今,海内海外,一个百分之百完满的人生是没有的。所以我说,不完满才是人生。

经常地不肯妥协，不满于现状，舍了这个，下一个可能更差，过多的欲求往往使你失去眼前的幸福，有时应学会迁就。

时间是毫不留情的,它真使人在自己制造的镜子里照见自己的真相!

夜阑人静,虚室凄清。万籁俱寂,独对孤灯。往事如潮,汹涌缭绕。伴我寥寥,唯有一只猫。

人在无可奈何的情况下是能够想出办法来的。

他永远不回头看,他只向前看,而且在前面他真的又看到闪烁的希望,灿烂的花。

当下即是生活

季羡林 著

读者出版社

图书在版编目（CIP）数据

当下即是生活 / 季羡林著. -- 兰州：读者出版社，2021.6（2022.12重印）
 ISBN 978-7-5527-0643-7

Ⅰ. ①当… Ⅱ. ①季… Ⅲ. ①散文集－中国－当代 Ⅳ. ①I267

中国版本图书馆CIP数据核字（2021）第104767号

当下即是生活
季羡林 著

策　　划	禹成豪
责任编辑	王先孟
装帧设计	安　宁

出版发行	读者出版社
地　　址	兰州市城关区读者大道568号（730030）
邮　　箱	readerpress@163.com
电　　话	0931-8152180（编辑部）　0931-8773269（发行部）

印　　刷	朗翔印刷（天津）有限公司
规　　格	开本 880 毫米×1230 毫米　1/32
	印张 8　插页 1　字数 178 千
版　　次	2021 年 6 月第 1 版
	2022 年 12 月第 2 次印刷
书　　号	ISBN 978-7-5527-0643-7
定　　价	49.00元

如发现印装质量问题，影响阅读，请与出版社联系调换。

本书所有内容经作者同意授权，并许可使用。
未经同意，不得以任何形式复制。

目录

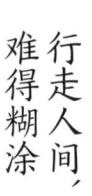

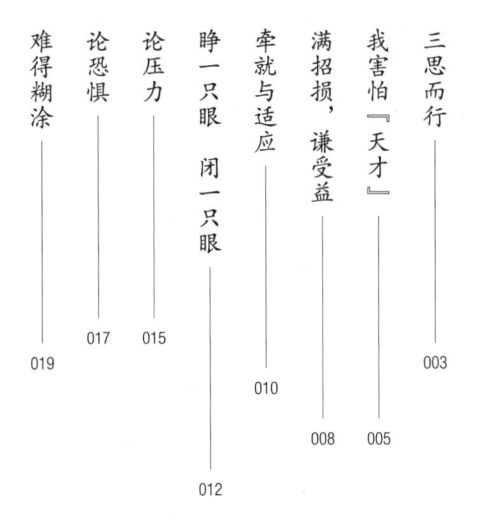

壹 行走人间，难得糊涂

三思而行 003

我害怕"天才" 005

满招损，谦受益 008

牵就与适应 010

睁一只眼 闭一只眼 012

论压力 015

论恐惧 017

难得糊涂 019

贰

红尘烟火，活在当下

上海菜市场 —— 025

我的书斋 —— 028

园花寂寞红 —— 031

人间自有真情在 —— 034

春色满寰中 —— 037

我爱北京的小胡同 —— 039

当时只道是寻常 —— 042

叁 万物有灵,深情以待

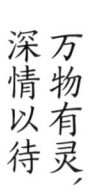

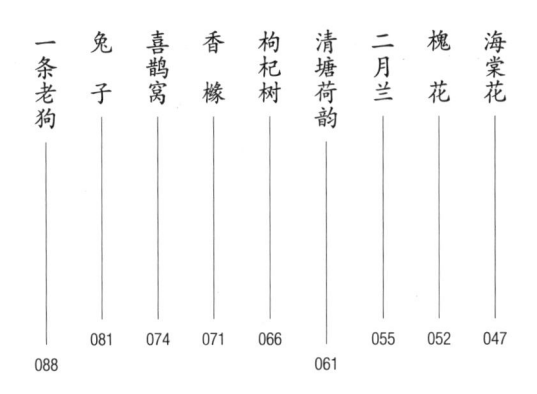

海棠花 —— 047

槐 花 —— 052

二月兰 —— 055

清塘荷韵 —— 061

枸杞树 —— 066

香 橼 —— 071

喜鹊窝 —— 074

兔 子 —— 081

一条老狗 —— 088

肆 山川异域，行者无疆

火车上观日出 —— 099

在敦煌 —— 103

登黄山记 —— 122

富春江上 —— 141

观秦兵马俑 —— 147

星光的海洋 —— 155

海上世界 —— 159

下瀛洲 —— 163

琼楼玉宇，高处不胜寒 —— 167

伍

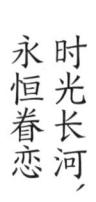

时光长河，永恒眷恋

时间 —— 175

回忆 —— 179

我的老师们 —— 184

我的女房东 —— 192

别哥廷根 —— 200

怀念母亲 —— 208

西谛先生 —— 212

Wala —— 221

忆章用 —— 228

壹

行走人间,难得糊涂

如果想从《论恐惧》这一篇短文里吸取什么教训的话,那就是明明白白地摆在眼前的。我们都要锻炼自己,对什么事情都不要惊慌失措,而要处变不惊。

三思而行

"三思而行",是我们现在常说的一句话。主要劝人做事不要鲁莽,要仔细考虑,然后行动,则成功的可能性会大一些,碰壁的可能性会小一些。

要数典而不忘祖,也并不难。这个典故就出在《论语·公冶长第五》:"季文子三思而后行。子闻之曰:'再,斯可矣。'"这说明,孔老夫子是持反对意见的。吾家老祖宗文子(季孙行父)的三思而后行的举动,二千六七百年以来,历代都得到了几乎全天下人的赞扬,包括许多大学者在内。查一查《十三经注疏》,就能一目了然。《论语正义》说:"三思者,言思之多,能审慎也。"许多书上还表扬了季文子,说他是"忠而有贤行者"。甚至有人认为三思还不够。《三国志·吴志·诸葛恪传注》中说:有人劝恪"每事必十思"。可是我们的孔圣人却冒天下之大不韪,批评了季文子三思过多,只思二次(再)就够了。

这怎么解释呢?究竟谁是谁非呢?

我们必须先弄明白,什么叫"三思"。总起来说,对此有两个解释,一个是"言思之多",这在上面已经引过。一个是"君子之谋也,始衷(中)终皆举之而后入焉"。这话虽为文子自己所说，然而孔子以及上万上亿的众人却不这样理解。他们理解，一直到今天，仍然是"多思"。

多思有什么坏处呢？又有什么好处呢？根据我个人几十年来的体会，除了下围棋、象棋等等以外，多思有时候能使人昏昏，容易误事。平常骂人说是"不肖子孙"，意思是与先人的行动不一样的人。我是季文子的最"肖"子孙。我平常做事不但三思，而且超过三思，是否达到了人们要求诸葛恪做的"十思"，没作统计，不敢乱说。反正是思过来，思过去，越思越糊涂，终而至头昏昏然，而仍不见行动，不敢行动。我这样一个过于细心的人，有时会误大事的。我觉得，碰到一件事，决不能不思而行，鲁莽行动。记得当年在德国时，法西斯统治正如火如荼，一些盲目崇拜希特勒的人，常常使用一个词儿Darauf-galngertum，意思是"说干就干，不必思考"。这是法西斯的做法，我们必须坚决扬弃。遇事必须深思熟虑，先考虑可行性，考虑的方面越广越好。然后再考虑不可行性，也是考虑的方面越广越好。正反两面仔细考虑完以后，就必须加以比较，作出决定，立即行动。如果你考虑正面，又考虑反面之后，再回头来考虑正面，又再考虑反面，那么，如此循环往复，终无宁日，最终成为考虑的巨人，行动的侏儒。

所以，我赞成孔子的"再，斯可矣"。

1997年5月11日

我害怕"天才"

人类的智商是不平衡的,这种认识已经属于常识的范畴,无人会否认的。不但人类如此,连动物也不例外。我在乡下观察过猪,我原以为这蠢然一物,智商都一样,无所谓高低的。然而事实上猪们的智商颇有悬殊。我喜欢养猫,经我多年的观察,猫们的智商也不平衡,而且连脾气都不一样,颇使我感到新奇。

猪们和猫们有没有天才,我说不出。专就人类而论,什么叫作"天才"呢?我曾在一本书里或一篇文章里读到过一个故事。某某数学家,在玄秘深奥的数字和数学符号的大海里游泳,如鱼得水,圆融无碍。别人看不到的问题,他能看到;别人解答不了的方程式之类的东西,他能解答。于是,众人称之为"天才"。但是,一遇到现实生活中的问题,他的智商还比不了一个小学生。比如猪肉三角三分一斤,五斤猪肉共值多少钱呢?他瞠目结舌,无言以对。

因此,我得出一个结论:"天才"即偏才。

在中国文学史或艺术史上,常常有几"绝"的说法。最多的是"三绝",指的是诗、书、画三绝。所谓"绝",就是超越常人,用一个现成的词儿,就是"天才"。可是,如果仔细分析起来，这个人在几绝中只有一项，或者是两项是真正的"绝"，为常人所不能及，其他几绝都是为了凑数凑上去的。因此，所谓"三绝"或几绝的"天才"，其实也是偏才。

可惜古今中外参透这一点的人极少极少，更多的是自命"天才"的人。这样的人老中青都有。他们仿佛是从菩提树下金刚台上走下来的如来佛，开口便昭告天下："天上天下，唯我独尊。"这种人最多是在某一方面稍有成就，便自命不凡起来，看不起所有的人，一副"天才气"，催人欲呕。这种人在任何团体中都不能团结同仁，有的竟成为害群之马。从前在某个大学中有一位年轻的历史教授，自命"天才"，瞧不起别人，说这个人是"狗蛋"，那个人是"狗蛋"。结果是投桃报李，群众联合起来，把"狗蛋"的尊号恭呈给这个人，他自己成了"狗蛋"。

这样的人在当今社会上并不少见，他们成为社会上不安定的因素。

蒙田在一篇名叫《论自命不凡》的随笔中写道：

> 对荣誉的另一种追求，是我们对自己的长处评价过高。这是我们对自己怀有的本能的爱，这种爱使我们把自己看得和我们的实际情况完全不同。

我决不反对一个人对自己本能的爱，应该把这种爱引向正确的方向。如果把它引向自命不凡，引向自命"天才"，引向傲慢，则会损己而不利人。

我害怕的就是这样的"天才"。

1999年7月25日

满招损,谦受益

这本来是中国一句老话,来源极古,《尚书·大禹谟》中已经有了,以后历代引用不辍,一直到今天,还经常挂在人民嘴上。可见此话道出了一个真理,经过将近三千年的检验,益见其真实可靠。

这话适用于干一切工作的人,做学问何独不然?可是,怎样来解释呢?

根据我自己的思考与分析,满(自满)只有一种:真。假自满者,未之有也。吹牛皮,说大话,那不是自满,而是骗人。谦(谦虚)却有两种,一真一假。假谦虚的例子,真可以说是俯拾即是。故作谦虚状者,比比皆是。中国人的"菲酌""拙作"之类的词,张嘴即出。什么"指正""斧正""哂正"之类的送人自己著作的谦词,谁都知道是假的;然而谁也必须这样写。这种谦词已经深入骨髓,不给任何人留下任何印象。日本人赠人礼品,自称"粗品"者,也属于这一类。这种虚伪的谦虚不会使任何人受益。西方人无论如何也是不能理解的。为什么拿"菲酌"而不拿盛宴来宴请客人?为什么拿"粗品"而不拿精品送给别人?对西方人简直是一个谜。

我们要的是真正的谦虚,做学问更是如此。如果一个学者,不管是年轻的,还是中年的、老年的,觉得自己的学问已经够大了,没有必要再进行学习了,他就不会再有进步。事实上,不管你搞哪一门学问,决不会有搞得完全彻底一点问题也不留的。人即使能活上一千年,也是办不到的。因此,在做学问上谦虚,不但表示这个人有道德,也表示这个人是实事求是的。听说康有为说过,他年届三十,天下学问即已学光。仅此一端,就可以证明,康有为不懂什么叫学问,现在有人尊他为"国学大师",我认为是可笑的。他至多只能算是一个革新家。

在当今中国的学坛上,自视甚高者,所在皆是;而真正虚怀若谷者,则绝无仅有。我不认为这是一个好现象。有不少年轻的学者,写过几篇论文,出过几册专著,就傲气凌人。这不利于他们的进步,也不利于中国学术前途的发展。

我自己怎样呢?我总觉得自己不行。我常常讲,我是样样通,样样松。我一生勤奋不辍,天天都在读书写文章,但一遇到一个必须深入或更深入钻研的问题,就觉得自己知识不够,有时候不得不临时抱佛脚。人们都承认,自知之明极难;有时候,我却觉得,自己的"自知之明"过了头,不是虚心,而是心虚了。因此,我从来没有觉得自满过。这当然可以说是一个好现象。但是,我又遇到了极大的矛盾:我觉得真正行的人也如凤毛麟角。我总觉得,好多学人不够勤奋,天天虚度光阴。我经常处在这种心理矛盾中。别人对我的赞誉,我非常感激;但是,我并没有被这些赞誉冲昏了头脑,我头脑是清楚的。我只劝大家,不要全信那一些对我赞誉的话,特别是那些顶高得惊人的帽子,我更是受之有愧。

牵就与适应

牵就,也作"迁就"。"牵就"和"适应",是我们说话和行文时常用的两个词儿,含义颇有些类似之处;但是,一仔细琢磨,二者间实有差别,而且是原则性的差别。

根据词典的解释,《现代汉语词典》注"牵就"为"迁就"和"牵强附会"。注"迁就"为"将就别人",举的例是:"坚持原则,不能迁就。"注"将就"为"勉强适应不很满意的事物或环境"。举的例是"衣服稍微小一点,你将就着穿吧!"注"适应"为"适合(客观条件或需要)"。举的例子是"适应环境"。"迁就"这个词儿,古书上也有,《辞源》注为"舍此取彼,委曲求合"。

我说,二者含义有类似之处,《现代汉语词典》注"将就"一词时就使用了"适应"一词。

词典的解释,虽然头绪颇有点乱,但是,归纳起来,"牵就(迁就)"和"适应"这两个词儿的含义还是清楚的。"牵就"的宾语往往是不很令人愉快、令人满意的事情。在平常的情况下,这种事情本来是不能或者不想去做的。极而言之,有些事情甚至是违反原则的,违反做人的道德的,当然完全是不能去做的。但是,迫于自己无法掌握的形势,或者出于利己的私心,或者由于其他的什么原因,非做不行,有时候甚至昧着自己的良心,自己也会感到痛苦的。

根据我个人的语感,我觉得,"牵就"的根本含义就是这样,词典上并没有说清楚。

但是,又是根据我个人的语感,我觉得,"适应"同"牵就"是不相同的。我们每一个人都会经常使用"适应"这个词儿的。不过在大多数的情况下,我们都是习而不察。我手边有一本沈从文先生的《花花朵朵 坛坛罐罐》,汪曾祺先生的《代序:沈从文转业之谜》中有一段话说:"一切终得变,沈先生是竭力想适应这种'变'的。"这种"变",指的是解放。沈先生写信给人说:"对于过去种种,得决心放弃,从新起始来学习。这个新的起始,并不一定即能配合当前需要,惟必能把握住一个进步原则来肯定,来完成,来促进。"沈从文先生这个"适应",是以"进步原则"来适应新社会的。这个"适应"是困难的,但是正确的。我们很多人在解放初期都有类似的经验。

再拿来同"牵就"一比较,两个词儿的不同之处立即可见。"适应"的宾语,同"牵就"不一样,它是好的事物,进步的事物;即使开始时有点困难,也必能心悦诚服地予以克服。在我们的一生中,我们会经常不断地遇到必须"适应"的事务,"适应"成功,我们就有了"进步"。

简洁说:我们须"适应",但不能"牵就"。

1998年2月4日

睁一只眼　闭一只眼

我活了八十多岁,到现在才真正第一次真切地感觉到:我有两只眼睛。

在过去八十多年中,两只眼睛合作得像一只眼睛一样,只有和谐,没有矛盾;只有合作,没有冲突。它俩陪我走过了世界上30个国家,看到过撒哈拉大沙漠,看到过塔克拉玛干大沙漠;看到过尼罗河、幼发拉底河、湄公河,看到过长江、黄河;看到过黄山的云海,看到过泰山的五大夫松;看到过春花,看到过秋月;看到过朝霞,看到过夕照,看到过朋友,看到过敌人;看遍了大千世界的众生相,并且探幽烛微,深窥某一些人的心灵深处。总之,是它们俩帮助我了解了世界,了解了人情。否则我只能是盲人一个,浑浑噩噩,糊涂一生。

然而,我却从未意识到它们竟是两个。

最近,由于白内障,右眼动了手术,而左眼没动。结果大出我意料:右眼的视力达到了0.6,能看清我多年认为是黑色的毛衣原来是深蓝色的,我非常惊喜。可是,如果闭上右眼,睁开左眼,我的毛衣仍然是黑色的。这又令我极为扫兴。我的两只合作了八十多年的眼睛,现在忽然闹起矛盾来:它们原来是两个。

这给我带来了极大的困难。

搞我们这一行爬格子的人,看书写字都离不开眼睛。现在两只眼忽然不合作起来,看稿纸,一边是白而亮的;另一边却是阴暗昏黄的,你让我怎样下笔?一不小心,偏听偏信了某一只眼睛,字就会写得出了格子,不成字形。

中国老百姓有一句俗话:"睁一只眼,闭一只眼。"意思是看到了非法之事或非法之人,你就睁一只眼,闭一只眼,装作没有看见。这是和稀泥、息事宁人的歪门邪道,不属于中国老百姓崇高的伦理标准。然而奉行此话者却大有人在。我并不赞成,但有时却也想仿效。我是赞成"路见不平,拔刀相助"的。根据眼前的社会风气,我看还是不拔刀为好。有时候你拔刀相助那个人本身一看风头不对,会对你反咬一口的。

如果我现在想运用"睁一只眼,闭一只眼"这个法宝,却凭空增加了困难。我究竟应该闭哪一只眼又睁哪一只眼呢?闭左眼,没有用;因为即使睁开也是白睁,眼前一片昏暗,什么也看不见。如果睁开右眼,则眼前光明辉耀,物无遁形,想装看不见,也是不可能的了。

我现在深悔,不应该为右眼动手术。如果不动的话,则两只眼同样老花昏暗,不法之事和不法之人,我根本看不清,用不着睁一只眼,闭一只眼,就能够六根清净,心地圆融,根本不伤什么脑筋。可我现在既然已经动了,决无恢复原状的可能。那么，怎么办呢？我只能套用李密《陈情表》中的两句话："羡林进退，实为狼狈。"

1997年9月17日

论压力

《参考消息》今年7月3日以半版的篇幅介绍了外国学者关于压力的说法。我也正考虑这个问题，因缘和合，不免唠叨上几句。

什么叫"压力"？上述文章中说："压力是精神与身体对内在与外在事件的生理与心理反应。"下面还列了几种特性，今略。我一向认为，定义这玩意儿，除在自然科学上可能确切外，在人文社会科学上则是办不到的。上述定义我看也就行了。

是不是每一个人都有压力呢？我认为，是的。我们常说，人生就是一场拼搏，没有压力，哪来的拼搏？佛家说，生、老、病、死、苦，苦也就是压力。过去的国王、皇帝，近代外国的独裁者，无法无天，为所欲为，看上去似乎一点压力都没有。然而他们却战战兢兢，时时如临大敌，担心边患，担心宫廷政变，担心被毒害被刺杀。他们是世界上最孤独的人，压力比任何人都大。大资本家钱太多了，担心股市升降，房地产价波动，等等。至于吾辈平民老百姓，"家家有一本难念的经"，这些都是压力，谁能躲得开呢？

压力是好事还是坏事？我认为是好事。从大处来看，现在

当下即是生活

全球环境污染,生态平衡破坏,臭氧层出洞,人口爆炸,新疾病丛生等等,人们感觉到了,这当然就是压力,然而压出来的却是增强忧患意识,增强防范措施,这难道不是天大的好事吗?对一般人来说,法律和其他一切合理的规章制度,都是压力。然而这些压力何等好啊!没有它,社会将会陷入混乱,人类将无法生存。这个道理极其简单明了,一说就懂。我举自己作一个例子。我不是一个没有名利思想的人——我怀疑真有这种人,过去由于一些我曾经说过的原因,表面上看起来,我似乎是淡泊名利,其实那多半是假象。但是,到了今天,我已至望九之年,名利对我已经没有什么用,用不着再争名于朝,争利于市,这方面的压力没有了。但是却来了另一方面的压力,主要来自电台采访和报刊以及友人约写文章。这对我形成颇大的压力。以写文章而论,有的我实在不愿意写;可是碍于面子,不得不应。应就是压力。于是"拨冗"苦思,往往能写出有点新意的文章。对我来说,这就是压力的好处。

压力如何排除呢?粗略来分类,压力来源可能有两类:一被动,一主动。天灾人祸,意外事件,属于被动,这种压力,无法预测,只有泰然处之,切不可杞人忧天。主动的来源于自身,自己能有所作为。我的"三不主义"的第三条是"不嘀咕",我认为:能做到遇事不嘀咕,就能排除自己制造成的压力。

1998年7月8日

论恐惧

法国大散文家和思想家蒙田写过一篇散文《论恐惧》。他一开始就说:"我并不像有人认为的那样是研究人类本性的学者,对于人为什么恐惧所知甚微。"我当然更不是一个研究人类本性的学者,虽然在高中时候读过心理学这样一门课,但其中是否讲到过恐惧,早已忘到爪哇国去了。

可我为什么现在又写《论恐惧》这样一篇文章呢?

理由并不太多,也谈不上堂皇。只不过是因为我常常思考这个问题,而今又受到了蒙田的启发而已。好像是蒙田给我出了这样一个题目。

根据我读书思考的结果,也根据我自己的经验,恐惧这一种心理活动和行动是异常复杂的,决不是三言两语所能说得清楚的。人们可以从很多角度上来探讨恐惧问题。我现在谈一下我自己从一个特定角度上来研究恐惧现象的想法,当然也只能极其概括,极其笼统地谈。

我认为,应当恐惧而恐惧者是正常的,应当恐惧而不恐惧者是英雄,我们平常所说的从容镇定,处变不惊,就是指的这个。不应当恐惧而恐惧者是孱头。不应当恐惧而不恐惧者也是正常的。

两个正常的现象用不着讲，我现在专讲二三两个不正常的现象。要举事例，那就不胜枚举。我索性专门从《晋书》里面举出两个事例，两个都与苻坚有关。《谢安传》中有一段话："玄等既破坚，有驿书至，安方对客围棋，看书既，竟便摄放床上，了无喜色，棋如故。客问之，徐答曰：'小儿辈遂已破贼。'"苻坚大兵压境，作为大臣的谢安理当恐惧不安，然而却竟这样从容镇定，至今传颂不已。所以，我称之为英雄。

《晋书·苻坚传》有下面这几段话："谢石等以既败梁成，水陆继进。坚与苻融登城而望王师，见部阵齐整，将士精锐，又北望山上草木皆类人形，顾谓融曰：'此亦劲敌也，何谓少乎！'怃然有惧色。"下面又说："坚大惭，顾谓其夫人张氏曰：'朕若用朝臣之言，岂见今日之事耶！当何面目复临天下乎！'潸然流涕而去，闻风声鹤唳，皆谓晋师之至。"这活生生地画出了一个孱头。敌兵压境，应当振作起来，鼓励士兵，同仇敌忾，可是苻坚自己却先泄了气。这样的人不称为孱头，又称之为什么呢？结果留下了两句著名的话：风声鹤唳，草木皆兵，至今还活在人民的口中，也可以说是流什么千古了。

如果想从《论恐惧》这一篇短文里吸取什么教训的话，那就是明明白白地摆在眼前的。我们都要锻炼自己，对什么事情都不要惊慌失措，而要处变不惊。

2001年3月13日

难得糊涂

清代郑板桥提出来的亦书写出来的"难得糊涂"四个大字，在中国，真可以说是家喻户晓，尽人皆知的。一直到今天，二百多年过去了，但在人们的文章里，讲话里，以及嘴中常用的口语中，这四个字还经常出现，人们都耳熟能详。

我也是难得糊涂党的成员。

不过，在最近几个月中，在经过了一场大病之后，我的脑筋有点开了窍。我逐渐发现，糊涂有真假之分，要区别对待，不能眉毛胡子一把抓。

什么叫真糊涂，而什么又叫假糊涂呢？

用不着作理论上的论证，只举几个小事例就足以说明了。例子就从郑板桥举起。

郑板桥生在清代乾隆年间，所谓康乾盛世的下一半。所谓盛世历代都有，实际上是一块其大无垠的遮羞布。在这块布下面，一切都照常进行。只是外寇来的少，人民作乱者寡，大部分人能勉强吃饱了肚子，"不识不知，顺帝之则"了。最高统治者的宫廷斗争，仍然是血腥淋漓，外面小民是不会知道的。历代的统治者都喜欢没有头脑没有思想的人；有这两个条件的只是士这个阶层。所以士一直是历代统治者的眼中钉。可离开他们又不行。于是胡萝卜与大棒并举。少部分争取到皇帝帮闲或帮忙的人,大致已成定局。等而下之,一大批士都只有一条向上爬的路——科举制度,成功与否,完全看自己的运气。翻一翻《儒林外史》,就能洞悉一切。但同时皇帝也多以莫须有的罪名大兴文字狱,杀鸡给猴看。统治者就这样以软硬兼施的手法,统治天下。看来大家都比较满意。但是我认为,这是真糊涂,如影随形,就在自己身上,并不"难得"。

我的结论是:真糊涂不难得,真糊涂是愉快的,是幸福的。

此事古已有之,历代如此。楚辞所谓"举世皆浊我独清,众人皆醉我独醒",所谓"醉",就是我说的糊涂。

可世界上还偏有郑板桥这样的人,虽然人数极少极少,但毕竟是有的。他们为天地留了点正气。他已经考中了进士。据清代的一本笔记上说,由于他的书法不是台阁体,没能点上翰林,只能外放当一名知县,"七品官耳"。他在山东潍县做了一任县太爷,又偏有良心,同情小民疾苦,有在潍县衙斋里所做的诗为证。结果是上官逼,同僚挤,他忍受不了,只好丢掉乌纱帽,到扬州当八怪去了。他一生诗书画中都有一种愤懑不平之气,有如司马迁的《史记》。他倒霉就倒在世人皆醉而他独醒,也就是世人皆真糊涂而他独必须装糊涂,假糊涂。

我的结论是:假糊涂才真难得,假糊涂是痛苦,是灾难。

现在说到我自己。

我初进三〇一医院的时候,始终认为自己患的不过是癣疥之疾。隔壁房间里主治大夫正与北大校长商议发出病危通告,我这里却仍然嬉皮笑脸,大说其笑话。终医院里的四十六天,我始终没有危急感。现在想起来,真正后怕。原因就在,我是真糊涂,极不难得,极为愉快。

我虔心默祷上苍,今后再也不要让真糊涂进入我身,我宁愿一生背负假糊涂这一个十字架。

2002年12月2日在三〇一医院于
大夫护士嘈杂声中写成,亦一快事也。

贰

红尘烟火,活在当下

我兀坐在书城中,忘记了尘世的一切不愉快的事情,怡然自得。以世界之广,宇宙之大,此时却仿佛只有我和我的书友存在。窗外粼粼碧水,丝丝垂柳,阳光照在玉兰花的肥大的绿叶子上,这都是我平常最喜爱的东西,现在也都视而不见了。

上海菜市场

上海尽有看不够数不清的高楼大厦,跑不完走不尽的大街小巷,满目琳琅的玻璃橱窗,车水马龙的繁华闹市;但是,我们的许多外国朋友却偏要去看一看早晨的菜市场。这是完全可以理解的。我们刚到上海的时候不是也想到菜市上去看一看吗?

那还是几年前的一个早晨,在太阳刚刚升起来的时候,踏着熹微的晨光,到一个离开旅馆不远的菜市场去。

到了邻近菜市场的地方,市场的气氛就逐渐浓了起来。熙熙攘攘的人群,摩肩擦背,来来往往。许多老大娘的菜篮子里装满了蔬菜海味鸡鸭鱼肉。有的篮子里活鱼在摇摆着尾巴,肥鸡在咯咯地叫着。老大娘带着一脸笑意,满怀愉快,走回家去。

一走进菜市场,仿佛走进了另一个世界。这里面五光十色,令人眼花缭乱。但是,仔细一看,所有的东西却又都摆得整整齐齐,有条不紊。菜摊子、肉摊子、鱼虾摊子、水果摊子,还有其他的许许多多的摊子,分门别类,秩序井然,又各有特点,互相辉映。你就看那蔬菜摊子吧。这里有各种不同的颜色:紫色的茄子、白色的萝卜、红色的西红柿、绿色的小白菜，纷然杂陈，交光互影。这里又有各种不同的线条：大冬瓜又圆又粗，豆荚又细又长，白菜的叶子又扁又宽。就这样，不同的颜色、不同的线条，紧密地摆在一起，于纷杂中见统一。我的眼一花，我觉得，眼前不是什么菜摊子，而是一幅出自名家手笔的彩色绚丽、线条鲜明的油画或水彩画。

不只菜摊子是这样，其他的摊子也莫不如此，卖鱼的摊子上，活鱼在水里游泳，十几斤重的大鲤鱼躺在案板上。卖鸡鸭的摊子上，鸡鸭在笼子里互相召唤。卖肉的摊子上，整片的猪肉、牛肉和羊肉挂在那里。还为穆斯林设了卖牛、羊肉的专柜。在其他的摊子上，鸡蛋和鸭蛋堆得像小山，一个个闪着耀眼的白光。咸肉和板鸭成排挂在架子上，肥得仿佛就要滴下油来。水果摊子更是琳琅满目。肥大的水蜜桃、大个儿的西瓜、又黄又圆的香瓜、白嫩的鲜藕，摆在一起，竞妍斗艳。我眼前仿佛看到葳蕤的果子园、十里荷香的池塘、翠叶离离的瓜地。难道这不是一幅美妙无比的图画吗？

说是图画，这只是一时的幻象。说真的，任何图画也比不上这一些摊子。图画里面的东西是死的、不能动的。这里的东西却随时在流动。原来摆在架子上的东西，一转眼已经到了老大娘的菜篮子里。她们站在摊子前面，眯细了眼睛，左挑右拣，直到选中了自己想买的东西为止。至于价钱，她们是不发愁的，因为东西都不贵。结果是皆大欢喜，在一片闹闹嚷嚷的声中，大家都买到了中意的东西。她们原来的空篮子不久就满了起来。当她们转回家去的时候，她们手中的篮子也像是一幅幅美丽的图画了。

我们的外国朋友是住在旅馆里的，什么东西都不缺少。但是他们看到这些美丽诱人的东西，一方面啧啧称赞，一方面又跃跃欲试，也都想买点什么。有人买了几个大香瓜，有人买了几斤西红柿，还有人买了一些豆腐干。这样就会使本来已经很丰富的餐桌更加丰富多彩。我们的外国朋友也皆大欢喜了。

1963年9月27日

我的书斋

最近身体不太好。内外夹攻,头绪纷繁,我这已届耄耋之年的神经有点吃不消了。于是下定决心,暂且封笔。乔福山同志打来电话,约我写点什么,我遵照自己的决心,婉转拒绝。但一听说题目是《我的书斋》,于我心有戚戚焉,立即精神振奋,暂停决心,拿起笔来。

我确实有个书斋,我十分喜爱我的书斋。这个书斋是相当大的,大小房间,加上过厅、厨房,还有封了顶的阳台,大大小小,共有八个单元。册数从来没有统计过,总有几万册吧。在北大教授中,"藏书状元"我恐怕是当之无愧的。而且在梵文和西文书籍中,有一些堪称海内孤本。我从来不以藏书家自命,然而坐拥如此大的书城,心里能不沾沾自喜吗?

我的藏书都像是我的朋友,而且是密友。我虽然对它们并不是每一本都认识,它们中的每一本却都认识我。我每一走进我的书斋,书籍们立即活跃起来,我仿佛能听到它们向我问好的声音,我仿佛能看到它们向我招手的情景。倘若有人问我,书籍的嘴在什么地方?而手又在什么地方呢?我只能说:"你的根器太浅,努力修持吧。有朝一日,你会明白的。"

我兀坐在书城中,忘记了尘世的一切不愉快的事情,怡然自得。以世界之广，宇宙之大，此时却仿佛只有我和我的书友存在。窗外粼粼碧水，丝丝垂柳，阳光照在玉兰花的肥大的绿叶子上，这都是我平常最喜爱的东西，现在也都视而不见了。连平常我喜欢听的鸟鸣声"光棍儿好过"，也听而不闻了。

我的书友每一本都蕴涵着无量的智慧。我只读过其中的一小部分，这智慧我是能深深体会到的。没有读过的那一些，好像也不甘落后，它们不知道是施展一种什么神秘的力量，把自己的智慧放了出来，像波浪似涌向我来。可惜我还没有修炼到能有"天眼通"和"天耳通"的水平，我还无法接受这些智慧之流。如果能接受的话，我将成为世界上古往今来最聪明的人。我自己也去努力修持吧。

我的书友有时候也让我窘态毕露。我并不是一个不爱清洁和秩序的人；但是，因为事情头绪太多，脑袋里考虑的学术问题和写作问题也不少，而且每天都收到大量的寄来的书籍和报纸杂志以及信件，转瞬之间就摞成一摞。在这样的情况下，如果我需要一本书，往往是遍寻不得，"只在此屋中，书深不知处"，急得满头大汗，也是枉然。只好到图书馆去借。等我把文章写好，把书送还图书馆后，无意之间，在一摞书中，竟找到了我原来要找的书，"得来全不费工夫"。然而晚了，工夫早已费过了。我啼笑皆非，无可奈何，等到用另外一本书时，再重演一次这出喜剧。我知道，我要寻找的书友，看到我急得那般模样，会大声给我打招呼的；但是喊破了嗓子，也无济于事，我还没有修持到能听懂书的语言的水平。我还要加倍努力去修持。我有信心，将来一定能获得真正的"天眼通"和"天耳通"。只要我想要哪一本书，那一本书就会自己报出所在之处，我一伸手，便可拿到，如探囊取物。这样一来，文思就会像泉水般地喷涌，我的笔变成了生花妙笔，写出来的文章会成为天下之至文。到了那时，我的书斋里会充满了没有声音的声音，布满了没有形象的形象。我同我的书友们能够自由地互通思想，交流感情。我的书斋会成为宇宙间第一神奇的书斋，岂不猗欤休哉！

我盼望有这样一个书斋。

1993年6月22日

园花寂寞红

楼前右边，前临池塘，背靠土山，有几间十分古老的平房，是清代保卫八大园的侍卫之类的人住的地方。整整四十年以来，一直住着一对老夫妇：女的是德国人，北大教员；男的是中国人，钢铁学院教授。我在德国时，已经认识了他们，算起来到今天已经将近六十年了，我们算是老朋友了。三十年前，我们的楼建成，我是第一个搬进来住的。从那以后，老朋友又成了邻居。有些往来，是必然的。逢年过节，互相拜访，感情是融洽的。

我每天到办公室去，总会看到这个个子不高的老人，蹲在门前临湖的小花园里，不是除草栽花，就是浇水施肥；再就是砍几竿门前屋后的竹子，扎成篱笆。嘴里叼着半只雪茄，笑眯眯的。忙忙碌碌，似乎乐在其中。

他种花很有一些特点。除了一些常见的花以外，他喜欢种外国种的唐菖蒲，还有颜色不同的名贵的月季。最难得的是一种特大的牵牛，比平常的牵牛要大一倍，宛如小碗口一般。每年春天开花时，颇引起行人的注目。据说，此花来头不小。在北京，只有梅兰芳家里有，齐白石晚年以画牵牛花闻名全世，临摹的就是梅府上的牵牛花。

我是颇喜欢一点花的。但是我既少空闲,又无水平。买几盆名贵的花,总养不了多久,就呜呼哀哉。因此,为了满足自己的美感享受,我只能像北京人说的那样看"蹭"花。现在有这样神奇的牵牛花,绚丽夺目的月季和唐菖蒲,就摆在眼前,我焉得不"蹭"呢?每到下班或者开会回来,看到老友在侍弄花,我总要停下脚步,聊上几句,看一看花。花美,地方也美,湖光如镜,杨柳依依,说不尽的旖旎风光,人在其中,顿觉尘世烦恼,一扫而光,仿佛遗世而独立了。

　　但是,世事往往有出人意料者。两个月前,我忽然听说,老友在夜里患了急病,不到几个小时,就离开了人间。我简直不敢相信,然而这又确是事实。我年届耄耋,阅历多矣,自谓已能做到"悲欢离合总无情"了。事实上并不是这样。我有情,有多得超过了需要的情,老友之死,我焉能无动于衷呢?"当时只道是寻常"这一句浅显而实深刻的词,又萦绕在我心中。

　　几天来,我每次走过那个小花园,眼前总仿佛看到老友的身影,嘴里叼着半根雪茄,笑眯眯的,蹲在那里,侍弄花草。这当然只是幻象。老友走了,永远永远地走了。我抬头看到那大朵的牵牛花和多姿多彩的月季花,她们失去了自己的主人。朵朵都低眉敛目,一脸寂寞相,好像"溅泪"的样子。她们似乎认出了我,知道我是自己主人的老友,知道我是自己的认真入迷的欣赏者,知道我是自己的知己。她们在微风中摇曳,仿佛向我点头,向我倾诉心中郁积的寂寞。

现在才只是夏末秋初。即使是寂寞吧，牵牛和月季仍然能够开花的。一旦秋风劲吹，落叶满山，牵牛和月季还能开下去吗？再过一些时候，冬天还会降临人间的。到了那时候，牵牛们和月季们只能被压在白皑皑的积雪下面的土里，做着春天的梦，连感到寂寞的机会都不会有了。

明年，春天总会重返大地的。春天总还是春天，她能让万物复苏，让万物再充满了活力。但是，这小花园的月季和牵牛花怎样呢？月季大概还能靠自己的力量长出芽来，也许还能开出几朵小花。然而护花的主人已不在人间。谁为她们施肥浇水呢？等待她们的不仅仅是寂寞，而是枯萎和死亡。至于牵牛花，没有主人播种，恐怕连幼芽也长不出来。她们将永远被埋在地中了。

我一想到这里，不禁悲从中来。眼前包围着月季和牵牛花的寂寞，也包围住了我。我不想再看到春天，我不想看到春天来时行将枯萎的月季，我不想看到连幼芽都冒不出来的牵牛。我虔心默祷上苍，不要再让春天降临人间了。如果非降临不行的话，也希望把我楼前池边的这一个小花园放过去，让这一块小小的地方永远保留夏末秋初的景象，就像现在这样。

1992 年 8 月 30 日

人间自有真情在

前不久,我写了一篇短文《园花寂寞红》,讲的是楼右前方住着的一对老夫妇,男的是中国人,女的是德国人。他们在德国结婚后,移居中国,到现在已将近半个世纪了。哪里想到,一夜之间,男的突然死去。他天天侍弄的小花园,失去了主人。几朵仅存的月季花,在秋风中颤抖,挣扎,苟延残喘,浑身凄凉、寂寞。

我每天走过那个小花园,也感到凄凉、寂寞。我心里总在想:到了明年春天,小花园将日益颓败,月季花不会再开。连那些在北京只有梅兰芳家才有的大朵的牵牛花,在这里也将永远永远地消逝了。我的心情很沉重。

昨天中午,我又走过这个小花园,看到那位接近米寿的德国老太太在篱笆旁忙活着。我走近一看,她正在采集大牵牛花的种子。这可真是件新鲜事儿。我在这里住了三十年,从来没有见到过她侍弄过花。我曾满腹疑团:德国人一般都是爱花的,这老太太真有点个别。可今天她为什么也忙着采集牵牛花的种子呢?她老态龙钟,罗锅着腰,穿一身黑衣裳,瘦得像一只螳螂。虽然采集花种不是累活,她干起来也是够呛的。我问她,采集这个干什么?她的回答极简单:"我的丈夫死了,但是他爱的牵牛花不能死!"

我心里一亮,一下子顿悟出来了一个道理。她男人死了,一儿一女都在德国。老太太在中国可以说是举目无亲。虽然说是入了中国籍,但是在中国将近半个世纪,中国话说不了十句,中国饭吃不惯。她好像是中国社会水面上的一滴油,与整个社会格格不入,平常只同几个外国人和中国留德学生来往,显得很孤单。我常开玩笑说:她是组织上入了籍,思想上并没有入。到了此时,老头已去,儿女在外,返回德国,正其时矣。然而她却偏偏不走。道理何在呢?我百思不得其解。现在,一个非常偶然的机会让我看到她采集大牵牛花的种子。我一下子明白了:这一切都是为了死去的丈夫。

丈夫虽然走了,但是小花园还在,十分简陋的小房子还在。这小花园和小房子拴住了她那古老的回忆,长达半个世纪的甜蜜的回忆。这是他俩共同生活过的地方。为了忠诚于对丈夫的回忆,她不肯离开,不忍离开。我能够想象,她在夜深人静时,独对孤灯。窗外小竹林的窸窣声,穿窗而入。屋后土山上草丛中秋虫哀鸣。此外就是一片寂静。丈夫在时,她知道对面小屋里还睡着一个亲人,使自己不会感到孤独。然而现在呢,那个人突然离开自己,走了,永远永远地走了。茫茫天地,好像只剩下自己孤零一人。人生至此,将何以堪!设身处地,如果我处在她的位置上,我一定会马上离开这里,回到自己的祖国,同儿女在一起,度过余年。

然而,这一位瘦得像螳螂似的老太太却偏偏不走,偏偏死守空房，死守这一个小花园。我知道：这一切都是为了死去的丈夫。

　　这一位看似柔弱实极坚强的老太太，已经走到了人生的尽头。这一点恐怕她比谁都明白。然而她并未绝望，并未消沉。她还是浑身洋溢着生命力，在心中对未来还充满了希望。她还想到明年春天，她还想到牵牛花，她眼前一定不时闪过春天小花园杂花竞芳的景象。谁看到这种情况会不受到感动呢？我想，牵牛花而有知，到了明年春天，虽然男主人已经不在了，但它一定会精神抖擞，花朵一定会开得更大，更大，颜色一定会更鲜，更艳。

1992年9月20日

春色满寰中

我曾歌颂过春满燕园；我曾歌颂过燕园盛夏；我也曾在金色的深秋里歌颂了春归燕园。

在这些文章里我满腔热情，满怀期望地歌颂了青年人。

但是，现在看来，不够了，远远地不够了。

我要连同青年人一并歌颂老年人，连同春满燕园一并歌颂春色满寰中。

我最近参加了一个全国性的会议。在将近两千个参加的人员中，平均年龄是六十七岁。在我们小组里，平均年龄竟达到七十多岁。我们中间有当年江西苏区的老部长，有参加长征的老干部，有解放后的部长、副部长，有穷年累月钻研一门学问的老专家，年龄都在七八十岁以上。他们行动几乎都不要人搀扶，他们说话几乎都是声如洪钟。铁面无情的时间好像在他们身上没有留下一点痕迹。

我被人称作"老"已经有些年头了，我自己也认为自己已经老了。但是，在这里，我却无论如何也老不起来；我只能算是一个小老头，一个年轻人。我环顾周围诸老，他们并不老态龙钟、老眼昏花、老牛破车、老气横秋、倚老卖老、老大伤悲；而是老当益壮、老谋深算、老骥伏枥、老马识途、老罴当道、老成持重。他们都有一颗年轻的心。他们关心民族的命运、国家的前途、四化的实现、个人的贡献。如果把青年比做早晨八九点钟的太阳,这些老年人大概可以算是下午五六点钟的太阳吧。早晨八九点钟的太阳固然是光辉灿烂的,这些下午五六点钟的太阳难道不也是同样地光辉灿烂吗?

记得屠格涅夫有一篇散文诗,讲到人们向前走,向前走,归根结底走到一个黑洞那里——这就是坟。鲁迅先生也有一篇散文诗,叫作《过客》。在这里面,过客问老翁道:"老丈,你大约是久住在这里的,你可知道前面是怎么一个所在么?"老翁回答说:"前面?前面,是坟。"但是,女孩立刻抗议说:"不,不,不,那里有许多野百合、野蔷薇。"

我没有同别的老头谈过前面是什么的问题,全国的老头我当然更无法都见到。但是,我坚决相信,如果问他们前面是怎么一个所在的话,他们一定不会说是"坟",而会像那个小女孩一样说是"野百合、野蔷薇"。他们决不会感到:"夕阳无限好,只是近黄昏。"他们会感到:"天意怜幽草,人间重晚晴";他们会感到:"有此倾城好颜色,天教晚发赛诸花。"

我纵情歌唱春色满寰中,歌颂我们的老年人,难道还有人会反驳我吗?

1979年10月

我爱北京的小胡同

我爱北京的小胡同，北京的小胡同也爱我，我们已经结下了永恒的缘分。

六十多年前，我到北京来考大学，就下榻于西单大木仓里面一条小胡同中的一个小公寓里。白天忙于到沙滩北大三院去应试。北大与清华各考三天，考得我焦头烂额，精疲力尽；夜里回到公寓小屋中，还要忍受臭虫的围攻，特别可怕的是那些臭虫的空降部队，防不胜防。

但是，我们这一帮山东来的学生仍然能够苦中作乐。在黄昏时分，总要到西单一带去逛街。街灯并不辉煌，"无风三尺土，有雨一街泥"，也会令人不快。我们却甘之若饴。耳听铿锵清脆、悠扬有致的京腔，如闻仙乐。此时鼻管里会蓦地涌入一股幽香，是从路旁小花摊上的栀子花和茉莉花那里散发出来的。回到公寓，又能听到小胡同中的叫卖声："驴肉！驴肉！""王致和的臭豆腐！"其声悠扬、深邃，还含有一点凄清之意。这声音把我送入梦中，送到与臭虫搏斗的战场上。

将近五十年前，我在欧洲呆了十年多以后，又回到了故都。这一次是住在东城的一条小胡同里：翠花胡同，与南面的东厂胡同为邻。我住的地方后门在翠花胡同，前门则在东厂胡同，据说就是明朝的特务机关东厂所在地，是折磨、囚禁、拷打、杀害所谓"犯人"的地方，冤死之人极多，他们的鬼魂据说常出来显灵。我是不相信什么鬼怪的，我感兴趣的不是什么鬼怪显灵，而是这一所大房子本身。它地跨两个胡同，其大可知。里面重楼复阁，回廊盘曲，院落错落，花园重叠，一个陌生人走进去，必然是如入迷宫，不辨东西。

然而，这样复杂的内容，无论是从前面的东厂胡同，还是从后面的翠花胡同，都是看不出来的。外面十分简单，里面十分复杂；外面十分平凡，里面十分神奇。这是北京许多小胡同共有的特点。

据说当年黎元洪大总统在这里住过。我住在这里的时候，北大校长胡适住在黎住过的房子中。我住的地方仅仅是这个大院子中的一个旮旯，在西北角上。但是这个旮旯也并不小，是一个三进的院子，我第一次体会到"庭院深深深几许"的意境。我住在最深一层院子的东房中，院子里摆满了汉代的砖棺。这里本来就是北京的一所"凶宅"，再加上这些棺材，黄昏时分，总会让人感觉到鬼影憧憧，毛骨悚然。所以很少有人敢在晚上来拜访我。我每日"与鬼为邻"，倒也过得很安静。

第二进院子里有很多树木，我最初没有注意是什么树。有一个夏日的晚上，刚下过一阵雨，我走在树下，忽然闻到一股幽香。原来这些是马缨花树，现在树上正开着繁花，幽香就是从这里散发出来的。

这一下子让我回忆起十几年前西单的栀子花和茉莉花的香

气。当时我是一个十九岁的大孩子,现在成了中年人。相距将近二十年的两个我,忽然融合到一起来了。

不管是六十多年,还是五十年,都成为过去了。现在北京的面貌天天在改变,层楼摩天,国道宽敞。然而那些可爱的小胡同,却日渐消逝,被摩天大楼吞噬掉了。看来在现实中小胡同的命运和地位都要日趋消沉,这是不可抗御的,也不一定就算是坏事。可是我仍然执着地关心我的小胡同。就让它们在我的心中占一个地位吧,永远,永远。

我爱北京的小胡同,北京的小胡同也爱我。

1993年10月25日

当时只道是寻常

这是一句非常明白易懂的话,却道出了几乎人人都有的感觉。所谓"当时"者,指人生过去的某一个阶段。处在这个阶段中时,觉得过日子也不过如此,是很寻常的。过了十几二十年或者更长的时间,回头一看,当时实在有不寻常者在。因此有人,特别是老年人,喜欢在回忆中生活。

在中国,这种情况更比较突出,魏晋时代的人喜欢做羲皇上人。这是一种什么心理呢?"鸡犬之声相闻,而老死不相往来",真就那么好吗?人类最初不会种地,只是采集植物,猎获动物,以此为生。生活是十分艰苦的。这样的生活有什么可向往的呢!

然而,根据我个人的经验,发思古之幽情,几乎是每个人都有的。到了今天,沧海桑田,世界有多少次巨大的变化。人们思古的情绪却依然没变。我举一个具体的例子。十几年前,我重访了我曾待过十年的德国哥廷根。我的老师瓦尔德施密特教授夫妇都还健在。但已今非昔比,房子捐给梵学研究所,汽车也已卖掉。他们只有一个独生子,二战中阵亡。此时老夫妇二人孤零零地住在一座十分豪华的养老院里。院里设备十分齐全,游泳池、网球场等等一应俱全。但是,这些设备对七八十岁、八九十岁的老人有什么用处呢？让老人们触目惊心的是，每隔一段时间就有某一个房号空了出来，主人见上帝去了。这对老人们的刺激之大是不言而喻的。我的来临大出教授的意料，他简直有点喜不自胜的意味。夫人摆出了当年我在哥廷根时常吃的点心。教授仿佛返老还童，回到了当年去了。他笑着说："让我们好好地过一过当年过的日子，说一说当年常说的话！"我含着眼泪离开了教授夫妇，嘴里说着连自己都不相信的话："过几年，我还会来看你们的。"

我的德国老师不会懂"当时只道是寻常"的隐含的意蕴，但是古今中外人士所共有的这种怀旧追忆的情绪却是有的。这种情绪通过我上面描述的情况完全流露出来了。

仔细分析起来，"当时"是很不相同的。国王有国王的"当时"，有钱人有有钱人的"当时"，平头老百姓有平头老百姓的"当时"。在李煜眼中，"当时"是车如流水马如龙，花月正春风游上林苑的"当时"。对此，他没有别的办法，只有哀叹"天上人间"了。

我不想对这个概念再进行过多的分析。本来是明明白白的一点真理，过多的分析反而会使它迷离模糊起来。我现在想对自己提出一个怪问题：你对我们的现在，也就是眼前这个现在，感觉到是寻常呢还是不寻常？这个"现在"，若干年后也会成为"当时"的。到了那时候，我们会不会说"当时只道是寻常"呢？现在无法预言。现在我住在医院中，享受极高的待遇。应该说，没有什么不满足的地方。但是，倘若扪心自问：

"你认为是寻常呢，还是不寻常？"我真有点说不出，也许只有到了若干年后，我才能说："当时只道是寻常。"

2003年6月20日

叁

万物有灵，深情以待

我们天天在过日子，却往往不知道日子是怎样过的。以前在一篇什么文章里读到这样一句话："我们从现在起要仔仔细细地过日子了。"当时颇有同感，觉得自己也应立刻从即时起仔仔细细地过日子了。

海棠花

早晨到研究所去的路上,抬头看到人家园子里正开着海棠花,缤纷烂漫地开成一团。这使我想到自己在故乡院子里的那两棵海棠花,现在想也正是开花的时候了。

我虽然喜欢海棠花,但却似乎与海棠花无缘。自家院子里虽然就有两棵,枝干都非常粗大,最高的枝子竟高过房顶,秋后叶子落光了的时候,看到尖尖的顶枝直刺着蔚蓝悠远的天空,自己的幻想也仿佛跟着高爬上去,常常默默地看上半天;但是要到记忆里去搜寻开花时的情景,却只能搜到很少几个片断。搬过家来以前,曾在春天到原来住在这里的亲戚家里去讨过几次折枝,当时看了那开得团团滚滚的花朵,很羡慕过一番。但这已经是很久很久以前的事情,现在回忆起来都有点渺茫了。

家搬过来以后,自己似乎只在家里待过一个春天。当时开花时的情景,现在已想不真切。记得有一个晚上同几个同伴在家南边一个高崖上游玩。向北看,看到一片屋顶,其中纵横穿插着一条条的空隙,是街道。虽然也可以幻想出一片海浪,但究竟单调得很。可是在这一片单调的房顶中却蓦地看到一树繁花的尖顶,绚烂得像是西天的晚霞。当时我真有说不出的高兴，其中还夹杂着一点渴望，渴望自己能够走到这树下去看上一看。于是我就按着这一条条的空隙数起来，终于发现，那就是自己家里那两棵海棠树。我立刻跑下崖头，回到家里，站在海棠树下，一直站到淡红的花团渐渐消逝到黄昏里去，只朦胧留下一片淡白。

但是这样的情景只有过一次，其余的春天我都是在北京度过的。北京是古老的都城，尽有许多机会可以做赏花的韵事。但是自己却很少有这福气，我只到中山公园去看过芍药，到颐和园去看过一次木兰。此外，就是同一个老朋友在大毒日头下面跑过许多条窄窄的灰土街道到崇效寺去看过一次牡丹；又因为去得太晚了，只看到满地残英。至于海棠，不但是很少看到，连因海棠而出名的寺院似乎也没有听说过。北京的春天是非常短的，短到几乎没有。最初还是残冬，要是接连吹上几天大风，再一看树木都长出了嫩绿的叶子，天气陡然暖了起来，已经是夏天了。

夏天一来，我就又回到故乡去。院子里的两棵海棠已经密密层层地盖满了大叶子，很难令人回忆起这上面曾经开过团团滚滚的花。长昼无聊，我躺在铺在屋里面地上的席子上睡觉，醒来往往觉得一枕清凉，非常舒服。抬头看到窗纸上历历乱乱地布满了叶影。我间或也坐在窗前看点书，满窗浓绿，不时有一只绿色的虫子在上面慢慢地爬过去，令我幻想深山大泽中的行人。蜗牛爬过的痕迹就像是山间林中的蜿蜒的小路。就这样，自己可以看上半天。晚上吃过饭后，就搬了椅子坐在海棠树下乘凉，从叶子的空隙处看到灰色的天空，上面嵌着一颗一颗的星。结在海棠树与檐边中间的蜘蛛网，借了星星的微光，把影子投在天幕上。一切都是这样静。这时候，自己往往什么都不想，只让睡意轻轻地压上眉头。等到果真睡去半夜里再醒来的时候，往往听到海棠叶子窸窸窣窣地直响，知道外面下雨了。

似乎这样的夏天也没有能过几个，六年前的秋天，当海棠树的叶子渐渐地转成淡黄的时候，我离开故乡，来到了德国。一转眼，在这个小城里，就住了这么久。我们天天在过日子，却往往不知道日子是怎样过的。以前在一篇什么文章里读到这样一句话："我们从现在起要仔仔细细地过日子了。"当时颇有同感，觉得自己也应立刻从即时起仔仔细细地过日子了。但是过了一些时候，再一回想，仍然是有些捉摸不住，不知道日子是怎样过去的。到了德国，更是如此。我本来是下定了决心用苦行者的精神到德国来念书的，所以每天除了钻书本以外，很少想到别的事情。可是现实的情况又不允许我这样做。而且祖国又时来入梦，使我这万里外的游子心情不能平静。就这样，在幻想和现实之间，在祖国和异域之间，我的思想在挣扎着。不知道怎样一来，一下子就过了六年。

哥廷根是有名的花城。来到的第一个春天，这里花之多就让我吃惊。雪刚融化，就有白色的小花从地里钻出来。以后，天气逐渐转暖。一转眼，家家园子里都挤满了花。红的、黄的、蓝的、白的，大大小小，五颜六色，锦似的一片，都不知道是什么时候开放的。山上树林子里，更有整树的白花。我常常一个人在暮春五月到山上去散步。暖烘烘的香气飘拂在我的四周。人同香气仿佛融而为一，忘记了花，也忘记了自己。直到黄昏才慢慢回家。但是我却似乎一直没注意到这里也有海棠花。原因是，我最初只看到满眼繁花，多半是叫不出名字。"看花苦为译秦名"，我也就不译了。因而也就不分什么花什么花，只是眼花缭乱而已。

但是，真像一个奇迹似的，今天早晨我竟在人家园子里看到盛开的海棠花。我的心一动，仿佛刚睡了一大觉醒来似的，蓦地发现，自己在这个异域的小城里住了六年了。乡思浓浓地压上心头，无法排解。

我前面说，我同海棠花无缘。现在我不知道应该怎样说好了。乡思并不是很舒服的事情。但是在这垂尽的五月天，当自己心里填满了忧愁的时候，有这么一团十分浓烈的乡思压在心头，令人感到痛苦。同时我却又有点爱惜这一点乡思，欣赏这一点乡思。它使我想到：我是一个有故乡和祖国的人。故乡和祖国虽然远在天边；但是现在它们却近在眼前。我离开它们的时间愈远，它们却离我愈近。我的祖国正在苦难中，我是多么想看到它呀！把祖国召唤到我眼前来的，似乎就是这海棠花，我应该感激它才是。

想来想去，我自己也糊涂了。晚上回家的路上，我又走过那个园子去看海棠花。它依旧同早晨一样，缤纷烂漫地开成一团。它似乎一点也不理会我的心情。我站在树下，呆了半天，抬眼看到西天正亮着同海棠花一样红艳的晚霞。

1941年5月29日于德国哥廷根

槐 花

自从移家朗润园,每年在春夏之交的时候,我一出门向西走,总是清香飘拂,溢满鼻官。抬眼一看,在流满了绿水的荷塘岸边,在高高低低的土山上面,就能看到成片的洋槐,满树繁花,闪着银光;花朵缀满高树枝头,开上去,开上去,一直开到高空,让我立刻想到新疆天池上看到的白皑皑的万古雪峰。

这种槐树在北方是非常习见的树种。我虽然也陶醉于氤氲的香气中,但却从来没有认真注意过这种花树——惯了。

有一年,也是在这样春夏之交的时候,我陪一位印度朋友参观北大校园。走到槐花树下,他猛然用鼻子吸了吸气,抬头看了看,眼睛瞪得又大又圆。我从前曾看到一幅印度人画的人像,为了夸大印度人眼睛之大,他把眼睛画得扩张到脸庞的外面。这一回我真仿佛看到这一位印度朋友瞪大了的眼睛扩张到面孔以外来了。

"真好看呀!这真是奇迹!"

"什么奇迹呀?"

"你们这样的花树。"

"这有什么了不起呢?我们这里多得很。"

"多得很就不了不起了吗?"

我无言以对,看来辩论下去已经毫无意义了。可是他的话却对我起了作用:我认真注意槐花了,我仿佛第一次见到它,非常陌生,又似曾相识。我在它身上发现了许多新的以前从来没有发现的东西。

在沉思之余,我忽然想到,自己在印度也曾有过类似的情景。我在海德拉巴看到耸入云天的木棉树时,也曾大为惊诧。碗口大的红花挂满枝头,殷红如朝阳,灿烂似晚霞,我不禁大为慨叹:

"真好看呀!简直神奇极了!"

"什么神奇?"

"这木棉花。"

"这有什么神奇呢?我们这里到处都有。"

陪伴我们的印度朋友满脸迷惑不解的神气。我的眼睛瞪得多大,我自己看不到。现在到了中国,在洋槐树下,轮到印度朋友(当然不是同一个人)瞪大眼睛了。

在我们的日常生活中,我们都有这样一个经验:越是看惯了的东西,便越是习焉不察,美丑都难看出。这种现象在心理学上是容易解释的:一定要同客观存在的东西保持一定的距离,才能客观地去观察。难道我们就不能有意识地去改变这种习惯吗?难道我们就不能永远用新的眼光去看待一切事物吗?

我想自己先试一试看,果然有了神奇的效果。我现在再走过荷塘看到槐花,努力在自己的心中制造出第一次见到的幻想，我不再熟视无睹，而是尽情地欣赏。槐花也仿佛是得到了知己，大大小小、高高低低的洋槐，似乎在喃喃自语，又对我讲话。周围的山石树木，仿佛一下子活了起来，一片生机，融融氤氲。荷塘里的绿水仿佛更绿了；槐树上的白花仿佛更白了；人家篱笆里开的红花仿佛更红了。风吹，鸟鸣，都洋溢着无限生气。一切眼前的东西联在一起，汇成了宇宙的大欢畅。

1986年6月3日

二月兰

一转眼，不知怎样一来，整个燕园竟成了二月兰的天下。

二月兰是一种常见的野花。花朵不大，紫白相间。花形和颜色都没有什么特异之处。如果只有一两棵，在百花丛中，决不会引起任何人的注意。但是它却以多胜，每到春天，和风一吹拂，便绽开了小花；最初只有一朵，两朵，几朵。但是一转眼，在一夜间，就能变成百朵，千朵，万朵，大有凌驾百花之势了。

我在燕园里已经住了四十多年。最初我并没有特别注意到这种小花。直到前年，也许正是二月兰开花的大年，我蓦地发现，从我住的楼旁小土山开始，走遍了全园，眼光所到之处，无不有二月兰在。宅旁，篱下，林中，山头，土坡，湖边，只要有空隙的地方，都是一团紫气，间以白雾，小花开得淋漓尽致，气势非凡，紫气直冲云霄，连宇宙都仿佛变成紫色的了。

我在迷离恍惚中，忽然发现二月兰爬上了树，有的已经爬上了树顶，有的正在努力攀登，连喘气的声音似乎都能听到。我这一惊可真不小：莫非二月兰真成了精了吗？再定睛一看，原来是二月兰丛中的一些藤萝，也正在开着花，花的颜色同二月兰一模一样，所差的就仅仅只缺少那一团白雾。我实在觉得我这个幻觉非常有趣。带着清醒的意识，我仔细观察起来：除了花形之外，颜色真是一般无二。反正我知道了这是两种植物，心里有了底。然而再一转眼，我仍然看到二月兰往枝头爬。这是真的呢？还是幻觉？——由它去吧。

自从意识到二月兰的存在以后，一些同二月兰有联系的回忆立即涌上心头。原来很少想到的或根本没有想到的事情，现在想到了；原来认为十分平常的琐事，现在显得十分不平常了。我一下子清晰地意识到，原来这种十分平凡的野花竟在我的生命中占有这样重要的地位。我自己也有点吃惊了。

我回忆的丝缕是从楼旁的小土山开始的。这一座小土山，最初毫无惊人之处，只不过两三米高，上面长满了野草。当年歪风狂吹时，每次"打扫卫生"，全楼住的人都被召唤出来拔草，不是"绿化"，而是"黄化"。我每次都在心中暗恨这小山野草之多。后来不知由于什么原因，把山堆高了一两米。这样一来，山就颇有一点山势了。东头的苍松，西头的翠柏，都仿佛恢复了青春，一年四季，郁郁葱葱。中间一棵榆树，从树龄来看，只能算是松柏的曾孙，然而也枝干繁茂，高枝直刺入蔚蓝的晴空。

我不记得从什么时候起我注意到小山上的二月兰。这种野花开花大概也有大年小年之别。碰到小年，只在小山前后稀疏地开上那么几片。遇到大年，则山前山后开成大片。二月兰仿佛发了狂。我们常讲什么什么花"怒放"，这个"怒"字下得真是无比地奇妙。二月兰一"怒"，仿佛从土地深处吸来了一股原始力量,一定要把花开遍大千世界,紫气直冲云霄,连宇宙都仿佛变成紫色的了。

东坡的词说:"人有悲欢离合,月有阴晴圆缺,此事古难全。"但是花们好像是没有什么悲欢离合。应该开时,它们就开。该消失时,它们就消失。它们是"纵浪大化中",一切顺其自然,自己无所谓什么悲与喜。我的二月兰就是这个样子。

然而,人这个万物之灵却偏偏有了感情,有了感情就有了悲欢。这真是多此一举,然而没有法子。人自己多情,又把情移到花,"泪眼问花花不语",花当然"不语"了。如果花真"语"起来,岂不吓坏了人!这些道理我十分明白。然而我仍然把自己的悲欢挂到了二月兰上。

当年老祖还活着的时候,每到春天二月兰开花的时候,她往往拿一把小铲,带一个黑书包,到成片的二月兰旁青草丛里去搜挖荠菜。只要看到她的身影在二月兰的紫雾里晃动,我就知道在午餐或晚餐的餐桌上必然弥漫着荠菜馄饨的清香。当婉如还活着的时候,她每次回家,只要二月兰还在开花,她离开时,她总穿过左手是二月兰的紫雾,右手是湖畔垂柳的绿烟,匆匆忙忙走去,把我的目光一直带到湖对岸的拐弯处。当小保姆杨莹还在我家时,她也同小山和二月兰结上了缘。我曾套清词写过三句话:"午静携侣寻野菜,黄昏抱猫向夕阳,当时只道是寻常。"我的小猫虎子和咪咪还在世的时候,我也往往在二月兰丛里看到她们:一黑一白,在紫色中格外显眼。

所有这些琐事都是寻常到不能再寻常了。然而,曾几何时，到了今天，老祖和婉如已经永远永远地离开了我们。小莹也回了山东老家。至于虎子和咪咪也各自遵循猫的规律，不知钻到了燕园中哪一个幽暗的角落里，等待死亡的到来。老祖和婉如的走，把我的心都带走了。虎子和咪咪我也忆念难忘。如今，天地虽宽，阳光虽照样普照，我却感到无边的寂寥与凄凉。回忆这些往事，如云如烟，原来是近在眼前，如今却如蓬莱灵山，可望而不可即了。

对于我这样的心情和我的一切遭遇，我的二月兰一点也无动于衷，照样自己开花。今年又是二月兰开花的大年。在校园里，眼光所到之处，无不有二月兰在。宅旁，篱下，林中，山头，土坡，湖边，只要有空隙的地方，都是一团紫气，间以白雾。小花开得淋漓尽致，气势非凡，紫气直冲霄汉，连宇宙都仿佛变成紫色的了。

这一切都告诉我，二月兰是不会变的，世事沧桑，于她如浮云。然而我却是在变的，月月变，年年变。我想以不变应万变，然而办不到。我想学习二月兰，然而办不到。不但如此，她还硬把我的记忆牵回到我一生最倒霉的时候。在"十年浩劫"中，我自己跳出来反对北大那一位"老佛爷"，被抄家，被打成了"反革命"。正是在二月兰开花的时候，我被管制劳动改造。有很长一段时间，我每天到一个地方去捡破砖碎瓦，还随时准备着被红卫兵押解到什么地方去"批斗"，坐喷气式，还要挨上一顿揍，打得鼻青脸肿。可是在砖瓦缝里二月兰依然开放，恰然自得，笑对春风，好像是在嘲笑我。

我当时日子实在非常难过。我知道正义是在自己手中，可是是非颠倒，人妖难分，我呼天天不应，叫地地不答，一腔义愤，满腹委屈，毫无生人之趣。在很长一段时间内，我成了"不可接触者"，几年没接到过一封信，很少有人敢同我打个招呼。我虽处人世，实为异类。

然而我一回到家里，老祖、德华她们，在每人每月只能得到恩赐十几元钱生活费的情况下，殚思竭虑，弄一点好吃的东西，希望能给我增加点营养；更重要的恐怕还是，希望能给我增添点生趣。婉如和延宗也尽可能地多回家来。我的小猫憨态可掬，偎依在我的身旁。她们不懂哲学，分不清两类不同性质的矛盾。人视我为异类，她们视我为好友，从来没有表态，要同我划清界限。所有这一些极其平常的琐事，都给我带来了无量的安慰。窗外尽管千里冰封，室内却是暖气融融。我觉得，在世态炎凉中，还有不炎凉者在。这一点暖气支撑着我，走过了人生最艰难的一段路，没有堕入深涧，一直到今天。

我感觉到悲，又感觉到欢。

到了今天，天运转动，否极泰来，不知怎么一来，我一下子成为"极可接触者"。到处听到的是美好的言词，又到处见到的是和悦的笑容。我从内心里感激我这些新老朋友，他们绝对是真诚的。他们鼓励了我，他们启发了我。然而，一回到家里，虽然德华还在，延宗还在，可我的老祖到哪里去了呢？我的婉如到哪里去了呢？还有我的虎子和咪咪一世到哪里去了呢？世界虽照样朗朗，阳光虽照样明媚，我却感觉异样的寂寞与凄凉。

我感觉到欢,又感觉到悲。

我年届耄耋,前面的路有限了。几年前,我写过一篇短文,叫《老猫》,意思很简明。我一生有个特点:不愿意麻烦人。了解我的人都承认的。难道到了人生最后一段路上我就要改变这个特点吗?不,不,不想改变。我真想学一学老猫,到了大限来临时,钻到一个幽暗的角落里,一个人悄悄地离开人世。

这话又扯远了。我并不认为眼前就有制定行动计划的必要。我还有很多事情要做,而且我的健康情况也允许我去做。有一位青年朋友说我忘记了自己的年龄。这话极有道理。可我并没有全忘。有一个问题我还想弄弄清楚哩。按说我早已到了"悲欢离合总无情"的年龄,应该超脱一点了。然而在离开这个世界以前,我还有一件心事:我想弄清楚,什么叫"悲"?什么又叫"欢"?是我成为"不可接触者"时悲呢?还是成为"极可接触者"时欢?如果没有老祖和婉如的逝世,这问题本来是一清二白的。现在却是悲欢难以分辨了。我想得到答复。我走上了每天必登临几次的小山。我问苍松,苍松不语。我问翠柏,翠柏不答。我问三十多年来亲眼目睹我这些悲欢离合的二月兰,她也沉默不语,兀自万朵怒放,笑对春风,紫气直冲霄汉。

1993年6月11日写完

清塘荷韵

楼前有清塘数亩。记得三十多年前初搬来时，池塘里好像是有荷花的，我的记忆里还残留着一些绿叶红花的碎影。后来时移事迁，岁月流逝，池塘里却变得"半亩方塘一鉴开，天光云影共徘徊"，再也不见什么荷花了。

我脑袋里保留的旧的思想意识颇多，每一次望到空荡荡的池塘，总觉得好像缺点什么。这不符合我的审美观念。有池塘就应当有点绿的东西，哪怕是芦苇呢，也比什么都没有强。最好的最理想的当然是荷花。中国旧的诗文中，描写荷花的简直是太多太多了。周敦颐的《爱莲说》读书人不知道的恐怕是绝无仅有的。他那一句有名的"香远益清"是脍炙人口的。几乎可以说，中国没有人不爱荷花的。可我们楼前池塘中独独缺少荷花。每次看到或想到，总觉得是一块心病。

有人从湖北来，带来了洪湖的几颗莲子，外壳呈黑色，极硬。据说，如果埋在淤泥中，能够千年不烂。因此，我用铁锤在莲子上砸开了一条缝，让莲芽能够破壳而出，不至永远埋在泥中。这都是一些主观的愿望，莲芽能不能够出，都是极大的未知数。反正我总算是尽了人事，把五六颗敲破的莲子投入池塘中，下面就是听天命了。

这样一来，我每天就多了一件工作：到池塘边上去看上几次。心里总是希望，忽然有一天，"小荷才露尖尖角"，有翠绿的莲叶长出水面。可是，事与愿违，投下去的第一年，一直到秋凉落叶，水面上也没有出现什么东西。经过了寂寞的冬天，到了第二年，春水盈塘，绿柳垂丝，一片旖旎的风光。可是，我翘盼的水面上却仍然没有露出什么荷叶。此时我已经完全灰了心，以为那几颗湖北带来的硬壳莲子，由于人力无法解释的原因，大概不会再有长出荷花的希望了。我的目光无法把荷叶从淤泥中吸出。

但是，到了第三年，却忽然出了奇迹。有一天，我忽然发现，在我投莲子的地方长出了几个圆圆的绿叶，虽然颜色极惹人喜爱；但是却细弱单薄，可怜兮兮地平卧在水面上，像水浮莲的叶子一样。而且最初只长出了五六个叶片。我总嫌这有点太少，总希望多长出几片来。于是，我盼星星，盼月亮，天天到池塘边上去观望。有校外的农民来捞水草，我总请求他们手下留情，不要碰断叶片。但是经过了漫漫的长夏，凄清的秋天又降临人间，池塘里浮动的仍然只是孤零零的那五六个叶片。对我来说，这又是一个虽微有希望但究竟仍是令人灰心的一年。

真正的奇迹出现在第四年上。严冬一过，池塘里又溢满了春水。到了一般荷花长叶的时候，在去年漂浮着五六个叶片的地方，一夜之间，突然长出了一大片绿叶，而且看来荷花在严冬的冰下并没有停止行动，因为在离开原有五六个叶片的那块

叁 | 万物有灵，深情以待

基地比较远的池塘中心，也长出了叶片。叶片扩张的速度，扩张范围的扩大，都是惊人地快。几天之内，池塘内不小一部分，已经全为绿叶所覆盖。而且原来平卧在水面上的像是水浮莲一样的叶片，不知道是从哪里聚集来了力量，有一些竟然跃出了水面，长成了亭亭的荷叶。原来我心中还迟迟疑疑，怕池中长的是水浮莲，而不是真正的荷花。这样一来，我心中的疑云一扫而光：池塘中生长的真正是洪湖莲花的子孙了。我心中狂喜，这几年总算是没有白等。

天地萌生万物，对包括人在内的动植物等有生命的东西，总是赋予一种极其惊人的求生存的力量和极其惊人的扩展蔓延的力量，这种力量大到无法抗御。只要你肯费力来观摩一下，就必然会承认这一点。现在摆在我面前的就是我楼前池塘里的荷花。自从几个勇敢的叶片跃出水面以后，许多叶片接踵而至。一夜之间，就出来了几十枝，而且迅速地扩散、蔓延。不到十几天的工夫，荷叶已经蔓延得遮蔽了半个池塘。从我撒种的地方出发，向东西南北四面扩展。我无法知道，荷花是怎样在深水中淤泥里走动。反正从露出水面荷叶来看，每天至少要走半尺的距离，才能形成眼前这个局面。

光长荷叶，当然是不能满足的。荷花接踵而至，而且据了解荷花的行家说，我门前池塘里的荷花，同燕园其他池塘里的，都不一样。其他地方的荷花，颜色浅红；而我这里的荷花，不但红色浓，而且花瓣多，每一朵花能开出十六个复瓣，看上去当然就与众不同了。这些红艳耀目的荷花，高高地凌驾

063

于莲叶之上,迎风弄姿,似乎在睥睨一切。幼时读旧诗:"毕竟西湖六月中,风光不与四时同。接天莲叶无穷碧,映日荷花别样红。"爱其诗句之美,深恨没有能亲自到杭州西湖去欣赏一番。现在我门前池塘中呈现的就是那一派西湖景象。是我把西湖从杭州搬到燕园里来了,岂不大快人意也哉!前几年才搬到朗润园来的周一良先生赐名为"季荷"。我觉得很有趣,又非常感激。难道我这个人将以荷而传吗?

前年和去年,每当夏月塘荷盛开时,我每天至少有几次徘徊在塘边,坐在石头上,静静地吸吮荷花和荷叶的清香。"蝉噪林逾静,鸟鸣山更幽",我确实觉得四周静得很。我在一片寂静中,默默地坐在那里,水面上看到的是荷花绿肥、红肥。倒影映入水中,风乍起,一片莲瓣堕入水中,它从上面向下落,水中的倒影却是从下边向上落,最后一接触到水面,两者合为一,像小船似的漂在那里。我曾在某一本诗话上读到两句诗:"池花对影落,沙鸟带声飞。"作者深惜这二句对仗不工。这也难怪,像"池花对影落"这样的境界究竟有几个人能参悟透呢?

晚上,我们一家人也常常坐在塘边石头上纳凉。有一夜,天空中的月亮又明又亮,把一片银光洒在荷花上。我忽听扑通一声,是我的小白波斯猫毛毛扑入水中,它大概是认为水中有白玉盘,想扑上去抓住。它一入水,大概就觉得不对头,连忙矫捷地回到岸上,把月亮的倒影打得支离破碎,好久才恢复了原形。

今年夏天，天气异常闷热，而荷花则开得特欢。绿盖擎天，红花映日，把一个不算小的池塘塞得满而又满，几乎连水面都看不到了。一个喜爱荷花的邻居，天天兴致勃勃地数荷花的朵数。今天告诉我，有四五百朵；明天又告诉我，有六七百朵。但是，我虽然知道他为人细致，却不相信他真能数出确实的朵数。在荷花底下，石头缝里，旮旮旯旯，不知还隐藏着多少菁荚儿，都是在岸边难以看到的。粗略估计，今年大概开了将近一千朵。真可以算是洋洋大观了。

连日来，天气突然变寒，好像是一下子从夏天转入秋天。池塘里的荷叶虽然仍然是绿油一片，但是看来变成残荷之日也不会太远了。再过一两个月，池水一结冰，连残荷也将消逝得无影无踪。那时荷花大概会在冰下冬眠，做着春天的梦。它们的梦一定能够圆的。"既然冬天到了，春天还会远吗？"

我为我的"季荷"祝福。

1997年9月16日中秋节

枸杞树

在不经意的时候，一转眼便会有一棵苍老的枸杞树的影子飘过。这使我困惑。最先是去追忆：什么地方我曾看见这样一棵苍老的枸杞树呢？是在某处的山里么？是在另一个地方的一个花园里么？但是，都不像。最后，我想到才到北平时住的那个公寓；于是我想到这棵苍老的枸杞树。

我现在还能很清晰地温习一些事情：我记得初次到北平时，在前门下了火车以后，这古老都市的影子，便像一个秤锤，沉重地压在我的心上。我迷惘地上了一辆洋车，跟着木屋似的电车向北跑。远处是红的墙，黄的瓦。我是初次看到电车的；我想，"电"不是很危险吗？后面的电车上的脚铃响了；我坐的洋车仍然在前面悠然地跑着。我感到焦急，同时，我的眼仍然"如入山阴道上，应接不暇"，我仍然看到，红的墙，黄的瓦，终于，在焦急，又因为初踏入一个新的境地而生的迷惘的心情下，折过了不知多少满填着黑土的小胡同以后，我被拖到西城的某一个公寓里去了，我仍然非常迷惘而有点近于慌张，眼前的一切都仿佛给一层轻烟笼罩起来似的，我看不清院子里的什么东西，我甚至也没有看清我住的小屋，黑夜跟着来了，我便糊里糊涂地睡下去，做了许许多多离奇古怪的梦。

虽然做了梦；但是却没有能睡得很熟，刚看到窗上有点发白，我就起来了。因为心比较安定了一点，我才开始看得清楚：我住的是北屋，屋前的小院里，有不算小的一缸荷花，四周错落地摆了几盆杂花。我记得很清楚：这些花里面有一棵仙人头，几天后，还开了很大的一朵白花，但是最惹我注意的，却是靠墙长着的一棵枸杞树，已经长得高过了屋檐，枝干苍老钩曲像千年的古松，树皮皱着，色是黝黑的，有几处已经开了裂。幼年在故乡里的时候，常听人说，枸杞是长得非常慢的，很难成为一棵树，现在居然有这样一棵虬干的老枸杞站在我面前，真像梦；梦又掣开了轻渺的网，我这是站在公寓里么？于是，我问公寓的主人，这枸杞有多大年龄了，他也渺茫：他初次来这里开公寓时，这树就是现在这样，三十年来，没有多少变动。这更使我惊奇，我用惊奇的太息的眼光注视着这苍老的枝干在沉默着，又注视着接连着树顶的蓝蓝的长天。

就这样，我每天看书乏了，就总到这棵树底下徘徊。在细弱的枝条上，蜘蛛结了网，间或有一片树叶儿或苍蝇蚊子之流的尸体粘在上面。在有太阳和灯火照上去的时候，这小小的网也会反射出细弱的清光来。倘若再走近一点，你又可以看到有许多叶上都爬着长长的绿色的虫子，在爬过的叶上留了半圆缺口。就在这有着缺口的叶片上，你可以看到各样的斑驳陆离的彩痕。对了这彩痕，你可以随便想到什么东西，想到地图，想到水彩画，想到被雨水冲过的墙上的残痕，再玄妙一点，想到宇宙，想到有着各种彩色的迷离的梦影。这许许多多的东西，都在这小的叶片上呈现给你。当你想到地图的时候,你可以任意指定一个小的黑点,算作你的故乡。再大一点的黑点,算作你曾游过的湖或山,你不是也可以在你心的深处浮起点温热的感觉么?这苍老的枸杞树就是我的宇宙。不,这叶片就是我的全宇宙。我替它把长长的绿色的虫子拿下来,摔在地上,对了它,我描画给自己种种涂着彩色的幻想,我把我的童稚的幻想,拴在这苍老的枝干上。

在雨天,牛乳色的轻雾给每件东西涂上一层淡影。这苍黑的枝干更显得黑了。雨住了的时候,有一两个蜗牛在上面悠然地爬着,散步似的从容,蜘蛛网上残留的雨滴,静静地发着光。一条虹从北屋的脊上伸展出去,像拱桥不知伸到什么地方去了。这枸杞的顶尖就正顶着这桥的中心。不知从什么地方来的阴影,渐渐地爬过了西墙,墙隅的蜘蛛网,树叶浓密的地方仿佛把这阴影捉住了一把似的,渐渐地黑起来。只剩了夕阳的余晖返照在这苍老的枸杞树的圆圆的顶上,淡红的一片,熠耀着,俨然如来佛头顶上金色的圆光。

以后,黄昏来了,一切角隅皆为黄昏占领了。我同几个朋友出去到西单一带散步。穿过了花市,晚香玉在薄暗里发着幽香。不知在什么时候,什么地方,我曾读过一句诗:"黄昏里充满了木犀花的香。"我觉得很美丽。虽然我从来没有闻到过木樨花的香;虽然我明知道现在我闻到的是晚香玉的香。但是我总觉得我到了那种飘渺的诗意的境界似的。在淡黄色的灯光下,我们摸索着转进了幽黑的小胡同,走回了公寓。这苍老的枸杞树只剩下了一团凄迷的影子，靠了北墙站着。

跟着来的是个长长的夜。我坐在窗前读着预备考试的功课。大头尖尾的绿色小虫，在糊了白纸的玻璃窗外有所寻觅似的撞击着。不一会，一个从缝里挤进来了，接着又一个，又一个。成群的围着灯飞。当我听到卖"玉米面饽饽"冕长的永远带点儿寒冷的声音，从远处的小巷里越过了墙飘了过来的时候，我便捻熄了灯，睡下去。于是又开始了同蚊子和臭虫的争斗。在静静的长夜里，忽然醒了，残梦仍然压在我心头，倘若我听到又有悉索的声音在这棵苍老的枸杞树周围，我便知道外面又落了雨。我注视着这神秘的黑暗，我描画给自己：这枸杞树的苍黑的枝干该变黑了罢；那匹蜗牛有所趋避该匆匆地在向隐僻处爬去吧；小小的圆的蜘蛛网，该又捉住雨滴了罢，这雨滴在黑夜里能不能静静地发着光呢？我做着天真的童话般的梦。我梦到了这棵苍老的枸杞树。——这枸杞树也做梦么？第二天早起来，外面真的还在下着雨。空气里充满了清新的沁人心脾的清香。荷叶上顶着珠子似的雨滴，蜘蛛网上也顶着，静静地发着光。

在如火如荼的盛夏转入初秋的澹远里去的时候，我这种诗意的又充满了稚气的生活，终于也不能继续下去。我离开这公寓，离开这苍老的枸杞树，移到清华园里来。到现在差不多四年了。这园子素来是以水木著名的。春天里，满园里怒放着红的花，远处看，红红的一片火焰。夏天里，垂柳拂着地，浓翠扑上人的眉头。红霞般爬山虎给冷清的深秋涂上一层凄艳的色彩。冬天里，白雪又把这园子安排成为一个银的世界。在这四季，又都有西山的一层轻渺的紫气，给这园子添了不少的光辉。这一切颜色：红的，翠的，白的，紫的，混合地涂上了我的心，在我心里幻成一幅绚烂的彩画。我做着红色的，翠色的，白色的，紫色的，各样颜色的梦。论理说起来，我在西城的公寓做的童话般的梦，早该被挤到不知什么地方去了。但是，我自己也不了解，在不经意的时候，总有一棵苍老的枸杞树的影子飘过。飘过了春天的火焰似的红花；飘过了夏天的垂柳的浓翠；飘过了红霞似的爬山虎，一直到现在，是冬天，白雪正把这园子装成银的世界。混合了氤氲的西山的紫气，静定在我的心头。在一个浮动的幻影里，我仿佛看到：有夕阳的余晖返照在这棵苍老的枸杞树的圆圆的顶上，淡红的一片，熠耀着，像如来佛头顶上的金光。

1933年12月8日雪之下午

香 橼

书桌上摆着一只大香橼，半黄半绿，黄绿相间，耀目争辉。每当夜深人静，我坐下来看点什么写点什么的时候，它就在灯光下闪着淡淡的光芒，散发出一阵阵的暗香，驱除了我的疲倦，振奋了我的精神。

它也唤起了我的回忆，回忆到它的家乡，云南思茅。

思茅是有名的地方。可是，在过去几百年几千年的历史上，它是地地道道的蛮烟瘴雨之乡。对内地的人来说，它是一个神秘莫测的地方；除非被充军，是没有人敢到这里来的。来到这里，也就不想再活着离开。"江南瘴疠地"，真令人谈虎色变。当时这里流行着许多俗语："要下思茅坝，先把老婆嫁"，"只见娘怀胎，不见儿上街"等等。这是从实际生活中归纳出来的结论，情况也真够惨的了。

就说十几二十年以前吧，这里也还是一个人间地狱。1938年和1948年，这里爆发了两次恶性疟疾，每两个人中就有一个患病死亡的。城里的人死得没有剩下几个。即使在白天，也是阴风惨惨。县大老爷的衙门里，野草长到一人多高。平常住在深山密林里的虎豹，干脆扶老携幼把家搬到县衙门里来，在这里生男育女，安居乐业，这里比山上安全得多。

这就是过去的情况。

但是,不久以前,当我来到祖国这个边疆城市的时候,情况却完全不一样了。我们一走下飞机,就爱上了这个地方。这简直是一个宝地,一个乐园。这里群山环翠,碧草如茵,有四时不谢之花,八节长春之草。我们都情不自禁地唱起"思茅的天,是晴朗的天"这样自己编的歌来。你就看那菜地吧:大白菜又肥又大,一棵看上去至少有三十斤。叶子绿得像翡翠,这绿色仿佛凝固了起来,一伸手就能抓到一块。香蕉和芭蕉也长得高大逾常,有的竟赛过两层楼房,把黑大的影子铺在地上。其他的花草树木,无不繁荣茂盛,郁郁苍苍。到处是一片绿、绿、绿。我感到有一股活力,奔腾横溢,如万斛泉涌,拔地而出。

人呢,当然也都是健康的。现在,恶性疟疾已经基本上扑灭。患这种病的人一千人中才有两个,只等于过去的二百五十分之一。即使不幸得上这种病,也有药可以治好。所谓"蛮烟瘴雨",早成历史陈迹了。

我永远也忘不掉我们参观的那一个托儿所。这里面窗明几净,地无纤尘。谁也不会想到,就在十几年前,这里还是一片荒草。我们看了所有的屋子,那些小桌子、小椅子、小床、小凳、小碗、小盆,无不整整齐齐,干干净净。这里的男女小主人更是个个活泼可爱,个个都是小胖子。他们穿着花花绿绿的衣服,向我们高声问好,给我们表演唱歌跳舞。红苹果似的小脸笑成了一朵朵的花。我立刻想到那句俗语:"只见娘怀胎,不见儿上街",我心里思绪万端,真有不胜今昔之感了。我们说这个地方现在是乐园、是宝地,除此之外,难道还有更恰当的名称吗?

就在这样一个宝地上,我第一次见到大香橼。香橼,我早就见过;但那是北京温室里培育出来的,倒是娇小玲珑,可惜只有鸭蛋那样大。思茅的香橼却像小南瓜那样大,一个有四五斤重。拿到手里,清香扑鼻。颜色有绿有黄,绿的像孔雀的嗉袋,黄的像田黄石,令人爱不释手。我最初确有点吃惊:怎么香橼竟能长到这样大呢?但立刻又想到:宝地生宝物,不也是很自然的吗?

我们大家都想得到这样一只香橼。画家想画它,摄影家想照它。我既不会画,也不会摄影,但我十分爱这个边疆的城市,却又无法把它放在箱子里带回北京。我觉得,香橼就是这个城市的象征,带走一只大香橼,就无异于带走思茅。于是我就买了一只,带回北京来,现在就摆在我的书桌上。我每次看到它,就回忆起思茅来,回忆起我在那里度过的那一些愉快的日子来,那些动人心魄的感受也立刻涌上心头。思茅仿佛就在我的眼前,历历如绘。在这时候,我的疲倦被驱除了,我的精神振奋起来了,而且我还幻想,在今天的情况下,已经长得够大的香橼,将来还会愈长愈大。

1962 年 3 月 30 日

喜鹊窝

我是乡下人。小时候在乡下住过几年。乡下，树多，鸟多，树上的鸟窝多。秋冬之际，树上的叶子落光，抬头就能看到高树顶上的许多鸟窝，宛如一个个的黑色蘑菇。

但是，我同许多乡下人一样，对鸟并不特别感兴趣。我感兴趣的是昆虫中的知了（我们那里读如 jie liu，也就是蝉），在水族中是虾。夏天晚上，在场院里乘凉，在大柳树下，用麦秸点上一把火。赤脚爬上树去，用力一摇晃，知了便像雨点似的纷纷落下。如果嫌热，就跳到苇坑里，在苇丛中伸手一摸，就能摸到一些个儿不小的虾，带着双夹，齐白石画的就是这一种虾。

鸟却不能带给我这样的快乐，我有时甚至还感到厌烦。麻雀整天喳喳乱叫，还偷吃庄稼。乌鸦穿一身黑色的晚礼服，名声一向不好，乡下人总把它同死亡联系起来，"哇！哇！"两声，叫得人身上起鸡皮疙瘩。只有喜鹊沾了"喜"字的光，至少不引起人们的反感。那时候，乡下人饿着肚皮，又不是诗人，哪里会有什么闲情雅兴来欣赏鸟的鸣声呢？连喜鹊"喳，喳"的叫声也不例外。我虽然只有几岁，乡下人的偏见我都具备。只有一件事现在回想起来还能聊以自慰：我从来没有爬上树去掏喜鹊的窝。

后来我到了城里,变成了城里人。初到的时候,我简直像是进入迷宫。这么多人,这么多车,这么多商店,这么多大街小巷。我吃惊得目瞪口呆。有一年,母亲在乡下去世了,我回家奔丧。小时候的大娘、大婶见了我就问:

"寻(读若xín)了媳妇没有?"

这问题好回答。我敬谨答曰:

"寻了。"

"是一个庄上的吗?"

我一时语塞,知道乡下人没有进过城,他们不知道城里不是村庄。想解释一下,又怕三言两语说不清楚,最终还是弄一个"丈二和尚,摸不着头脑"。我一时灵机一动,采用了鲁迅先生的办法,含糊答曰:

"唔!唔!"

谁也不知道"唔,唔"是甚么意思。妙就妙在谁也不知道是甚么意思。乡下的大娘、大婶不是哲学家,不懂什么逻辑思维,她们不"打破砂锅问到底"。我的口试就算及了格。

这一件小事虽小,它却充分说明了乡下人和城里人的思维和情趣是多么不同。回头再谈鸟儿。城里不是鸟的天堂。除了麻雀以外,别的鸟很少见到。常言道:物以稀为贵。于是城里的鸟就"贵"起来了,城里一些人对鸟也就有了感情。如果碰巧能看到高树顶端上的鸟窝,那简直是一件稀罕事儿。小孩子会在树下面拍手欢跳。

中国古代的诗人，虽然有的出生在乡下，但是科举，当官一定是在城里。既然是诗人，感情定是十分细腻。这种细腻表现在方方面面，也表现在对鸟，特别是对鸟鸣的喜爱上。这样的诗句，用不着去查书，一回想就能够想到一大堆。"鸟鸣山更幽"，"月出惊山鸟，时鸣春涧中"，"两个黄鹂鸣翠柳，一行白鹭上青天"，"荡胸生层云，决眦入归鸟"，"人归山郭暗，雁下芦洲白"，"微雨霭芳原，春鸠鸣何处"，"空山百鸟散还合，万里浮云阴且晴。嘶酸雏雁失群夜，断绝胡儿恋母声"，"川为静其波，鸟亦罢其鸣"等等，用不着再多举了。中国古代诗人对鸟和鸟鸣感情之深概可想见了。

只有陶渊明的一句诗，我觉得有点怪。"犬吠深巷中，鸡鸣桑树巅"。鸡飞上树去高声鸣叫，我确实没有见过。"鸡鸣桑树巅"，这一句话颇为突兀。难道晋朝江西的鸡真有飞到桑树顶上去高叫的脾气吗？

不管怎样，中国古代诗人对鸟及其鸣声特别敏感，已是一个彰明昭著的事实。再看一看西方文学，不能不感到其间的差别。西方诗歌中，除了云雀和夜莺外，其他的鸟及其鸣声似乎很少受诗人的垂青。这里面是否也涵有很深的审美情趣的差别呢？是否也涵有东西方诗人，再扩而大之是一般人之间对大自然的关系的差别呢？姑妄言之。

我绕弯子说了半天，无非是想说中国的城里人对鸟比较有感情而已。我这个由乡下人变为城里人的人，也逐渐爱起鸟来。可惜我半辈子始终是在大城市里转，在中国是如此，在德国和瑞士仍然是如此。空有爱鸟之心，爱的对象却难找到，在心灵深处难免感到惆怅。

一直到四十多年前，我四十多岁了，才从沙滩——真像是一片沙漠——搬到风光旖旎林木蓊郁的燕园里来。这里虽处城市，却似乡村，真正是鸟的天堂。我又能看到鸟了：不是一只，而是成群；不是一种，而是多种；不但看到它们飞，而且听到它们叫；不但看到它们在草地上蹦跳，而且看到高树顶上搭窝。我真是顾而乐之，多年干涸的心灵似乎又注入了一股清泉。

在众多的鸟中，给我印象最深、我最喜爱的还是喜鹊。在我住的楼前，沿着湖畔，有一排高大的垂柳，在马路对面则是一排高耸入云的杨树。楼西和楼后，小山下面，有几棵高大的榆树，小山上有一棵至少有六七百年的古松。可以说我们的楼是处在绿色丛中。我原住在西门洞的二楼上，书房面西，正对着那几棵榆树。一到春天，喜鹊和其他鸟的叫声不停。喜鹊不知道是通过什么方式，大概是既无父母之命，也没有媒妁之言，自由恋爱，结成了情侣，情侣不停地在群树之间穿梭飞行，嘴里往往叼着小树枝，想到什么地方去搭窝。我天天早上最大的乐趣就是看喜鹊们箭似的飞翔，喳喳地欢叫，往往能看上、听上半天。

有一天，完全出我的意料，然而又合乎我的心愿，窗外大榆树上有一团黑色的东西，我豁然开朗：这是喜鹊在搭窝。我现在不用出门就能够看到喜鹊窝了，乐何如之。从此我的眼睛和耳朵完全集中到这一对喜鹊和它们的窝上，其他的鸟鸣声仿佛都不存在了。每次我看书写作疲倦了，就向窗外看一看。一看到喜鹊窝就像郑板桥看到白银那样，"心花怒放，书画皆佳"。我的灵感风起云涌，连记忆力都仿佛是变了样子，大有过目不忘之慨了。

　　光阴流转，转瞬已是春末夏初。窝里的喜鹊小宝宝看样子已经成长起来了。每当刮风下雨，我心里就揪成一团，我很怕它们的窝经受不住风吹雨打。当我看到，不管风多么狂，雨多么骤，那一个黑蘑菇似的窝仍然固若金汤，我的心就放下了。我幻想，此时喜鹊妈妈和喜鹊爸爸正在窝里伸开了翅膀，把小宝宝遮盖得严严实实，喜鹊一家正在做着甜美的梦，梦到燕园风和日丽；梦到燕园花团锦簇；梦到小虫子和小蚱蜢自己飞到窝里来，小宝宝食用不尽；梦到湖光塔影忽然移到了大榆树下面……

　　这一切原本都是幻影，然而我却泪眼模糊，再也无法幻想下去了。我从小失去了慈母，失去了母爱。一个失去了母爱的人，必然是一个心灵不完整或不正常的人。在七八十年的漫长时期中，不管是什么时候，也不管我是在什么地方，只要提到了失去母爱，失去母亲，我必然立即泪水盈眶。对人是如此，对鸟兽也是如此。中国古人常说"终天之恨"，我这真正是"终天之恨"了，这个恨只能等我离开人世才能消泯，这是无可怀疑的了。中国古诗说："劝君莫打三春鸟，子在巢中待母归"，真是蔼然仁者之言，我每次暗诵，都会感到心灵震撼的。

但是，天有不测风云，鸟有旦夕祸福。正当我为这一家幸福的喜鹊感到幸福而自我陶醉的时候，祸事发生了。一天早上，我坐在书桌前，真是无巧不成书，我一抬头正看到一个小男孩赤脚爬上了那一棵榆树，伸手从喜鹊窝里把喜鹊宝宝掏了出来。掏了几只，我没有看清，不敢瞎说。总之是掏走了。只看这一个小男孩像猿猴一般，转瞬跳下树来，前后也不过几分钟，手里抓着小喜鹊，消逝得无影无踪了。我很想下楼去干预一下；但是一想到在浩劫中我头上戴的那一摞可怕的沉重的帽子，都还在似摘未摘之间，我只能规规矩矩，不敢乱说乱动。如果那一个小男孩是工人的孩子，那岂不成了"阶级报复"了吗！我吃了老虎心、豹子胆，也不敢动一动呀。我只有伏在桌上，暗自啜泣。

完了，完了，一切全完了。喜鹊的美梦消失了，我的美梦也消失了。我从此抑郁不乐，甚至不敢再抬头看窗外的大榆树。喜鹊妈妈和喜鹊爸爸的心情我不得而知。他们痛失爱子，至少也不会比我更好过。一连好几天，我听到窗外这一对喜鹊喳喳哀鸣，绕树千匝，无枝可依。我不忍再抬头看它们。不知什么时候，这一对喜鹊不见了。它们大概是怀着一颗破碎的心，飞到什么地方另起炉灶去了。过了一两年，大榆树上的那一个喜鹊窝，也由于没加维修，鹊去窝空，被风吹得无影无踪了。

我却还并没有死心，那一棵大榆树不行了，我就寄希望于其他树木。喜鹊们选择搭窝的树，不知道是根据什么标准。根据我这个人的标准，我觉得，楼前，楼后，楼左，楼右，许多高大的树都合乎搭窝的标准。我于是就盼望起来，年年盼，月月盼，盼星星，盼月亮，盼得双眼发红光。一到春天，我出门，首先抬头往树上瞧，枝头光秃秃的，什么东西也没有。我有时候真有点发急，甚至有点发狂，我想用眼睛看出一个喜鹊窝来。然而这一切都白搭，都徒然。

今年春天，也就是现在，我走出楼门，偶尔一抬头，我在上面讲的那一棵大榆树上，在光秃秃的枝干中间，又看到一团黑糊糊的东西。连年来我老眼昏花，对眼睛已经失去了自信力，我在惊喜之余，连忙擦了擦眼，又使劲瞪大了眼睛，我明白无误地看到了：是一个新搭成的喜鹊窝。我的高兴是任何语言文字都无法形容的。然而福不单至。过了不久，临湖的一棵高大的垂柳顶上，一对喜鹊又在忙忙碌碌地飞上飞下，嘴里叼着小树枝，正在搭一个窝。这一次的惊喜又远远超过了上一回。难道我今生的华盖运真已经交过了吗？

当年爬树掏喜鹊窝的那一个小男孩，现在早已长成大人了吧。他或许已经留了洋，或者下了海，或者成了"大款"。此事他也许早已忘记了。我潜心默祷，希望不要再出这样一个孩子，希望这两个喜鹊窝能够存在下去，希望在燕园里千百棵大树上都能有这样黑蘑菇似的喜鹊窝，希望在这里，在全中国，在全世界，人与鸟都能和睦融洽像一家人一样生活下去，希望人与鸟共同造成一个和谐的宇宙。

1994年2月25日

兔　子

不记得是什么时候,大概总在我们全家刚从一条满铺了石头的古旧的街的北头搬到南头以后,我有了三只兔子。

说起兔子,我从小就喜欢的。在故乡里的时候,同村的许多的家里都养着一窝兔子。在地上掘一个井似的圆洞,不深,在洞底又有向旁边通的小洞。兔子就住在里面。不知为什么,我们却总不记得家里有过这样的洞。每次随了大人往别的养兔子的家里去玩的时候,大人们正在扯不断拉不断絮絮地谈得高兴的当儿,我总是放轻了脚步走到洞口,偷偷地向里瞧——兔子正在小洞外面徊徊着呢。有黑白花的,有纯黑的。我顶喜欢纯白的,因为眼睛红亮得好看。透亮的长耳朵左右摇摆着。嘴也仿佛战栗似的颤动着,在嚼着菜根什么的。蓦地看见人影,都迅速地跑进小洞去了,像一溜溜的白色黑色的烟。倘若再伏下身子去看,在小洞的薄暗里,便只看见一对对的莹透的宝石似的眼睛了。

在我走出了童年以前的某一个春天,记得是刚过了年,因为一种机缘的凑巧,我离开故乡,到一个以湖山著名的都市里去。从栉比的高的楼房的空隙里,我只看到一线蓝蓝的天,这哪里像故乡里锅似的覆盖着的天呢?我看不到远远的笼罩着一层轻雾的树。我看不到天边上飘动的水似的云烟。我嗅不到土的气息。我仿佛住在灰之国里。终日里，我只听到闹嚷嚷的车马的声音。在半夜里，还有小贩的咽声从远处的小巷里飘了过来。我是地之子，我渴望着再回到大地的怀里去。当时，小小的心灵也会感到空漠的悲哀吧。但是，最使我不能忘怀的，占据了我的整个的心的，却还是有着宝石似的眼睛的故乡里的兔子。

　　也不记得是几年以后了，总之是在秋天，叔父从望口山回家来，仆人挑了一担东西。上面是用蒲包装的有名的肥桃，下面有一个木笼。我正怀疑木笼里会装些什么东西，仆人已经把木笼举到我的眼前了——战栗似的颤动着的嘴，透亮的长长的耳朵，红亮的宝石似的眼睛……这不正是我梦寐渴望的兔子么？记得他临到望口山去的时候，我曾向他说过，要他带几个兔子回来。当时也不过随意一说，现在居然真带来了。这仿佛把我拉回了故乡里去。我是怎么狂喜呢？笼里一共有三只：一只大的，黑色，像母亲；两只小的，白色。我立刻舍弃了美味的肥桃，东跑西跑，忙着找白菜，找豆芽，喂它们。我又替它们张罗住处，最后就定住在我的床下。

　　童年在故乡里的时候，伏在别人的洞口上，羡慕人家的兔子，现在居然也有三只在我的床下了。对我，这简直比童话还不可信。最初，才从笼里放出来的时候，立刻就有猫挤上来。兔子仿佛很胆怯，伏在地上，不敢动。耳朵紧贴在头上，只有嘴颤动得更厉害。把猫赶走了，才慢慢地试着跑。我一转眼，大的早领着两只小的躲在花盆后面了。再一转眼,早又跑到床下面去了。有了兔子以后的第一个夜里,我躺在床上,辗转着睡不沉,听兔子在床下嚼着豆芽的声音,我仿佛浮在云堆里。已经忘记了做过些什么样的梦了。

就这样,我的床下面便凭空添了三个小生命。每当我坐在靠窗的一张桌子的旁边读书的时候,兔子便偷偷地从床下面踱出来,没有一点声音。我从书页上面屏息地看着它们。——先是大的一探头,又缩回去;再一探头,走出来了,一溜黑烟似的。紧随着的是两只小的,都白得像一团雪,眼睛红亮,像——我简直说不出像什么。像玛瑙么?比玛瑙还光莹。就用这小小的红亮的眼睛四面看着,走到从花盆里垂出的拂着地的草叶下面,嘴战栗似地颤动几下,停一停,走到书架旁边,嘴战栗似的颤动几下,停一停,走到小凳下面。嘴战栗似的颤动几下,停一停。忽然我觉得有软茸茸的东西靠上了我的脚了。我知道是小兔正伏在我的脚下。我忍耐着不敢动。不知怎地,腿忽然一抽。我再看时,一溜黑烟,两溜白烟,兔子都藏到床下面去。伏下身子去看,在床下面暗黑的角隅里,便只看见莹透的宝石似的一对对的眼睛了。

是秋天,前面已经说过,我住的屋的窗外有一棵海棠树。以前常听人说,兔子是顶孱弱的,猫对它便是个大的威胁。在兔子没来我床下面住以前,屋里也常有猫的踪迹。门关严了的时候,这棵海棠树就成了猫来我屋里的路。自从有了兔子以后,在冷寂的秋的长夜里,我常常无所谓的蓦地醒转来。——

窗外风吹着落叶，窸窣地响，我疑心是猫从海棠树上爬上了窗子。绵连的夜雨击着落叶，窸窣地响，我又疑心是猫爬上了窗子。我静静地等着，不见有猫进来。低头看时，兔子正在地上来回地跑着，在微明的灯光里，更像一溜溜的黑烟和白烟了。眼睛也更红亮得像宝石了。当我正要蒙眬睡去的时候，恍惚听到"咪"的一声，看窗子上破了一个洞的地方，正有两颗灯似的眼睛向里瞅着。

　　第二天早晨起来，第一件要做的事情，就是伏下头去看，兔子丢了没有。看到两个小兔两团白絮似的偎在大的身旁熟睡的时候，心里仿佛得到点安慰。过了一会，再回到屋里来读书的时候，又可以看到它们在脚下来回地跑了。其实并没有什么声息，屋里总仿佛充满了生气与欢腾似的。周围的空气，也软浓浓地变得甜美了。兔子也渐渐不胆怯起来。看见我也不很躲避了。第一次一个小兔很驯顺地让我抚摸的时候，我简直欢喜得流泪呢。

　　倘若我的记忆靠得住的话，大约总有半个秋天，就在这样的颇有诗意的情况里度过去。我还能模模糊糊地记得：兔子才在笼里装来的时候，满院子都挤满了花。我一闭眼，还能看到当时院子里缥动的那一层淡淡的绿色。兔子常从屋里跑出来，到花盆缝里去玩，金鱼缸里的子午莲还仿佛从水面上突出两朵白花来。只依稀有一点影。这记忆恐怕靠不大住了。随了这绿色，这金鱼缸，我又能看到靠近海棠树的涂上了红油绿油的窗子嵌着一方不小的玻璃，上面有雨和土的痕迹。窗纸上还粘着几条蜘蛛丝,窗子里面就是我的书桌,再往里,就是床,兔子就住在床下面……这一切都仿佛在眼前浮动。但又像烟,像雾,眼看就要幻化到空濛里去了。

我不是说大概过了有半个秋天么?——等到院子里的花草渐渐地减少了,立刻显得很空阔。落叶却在阶下多起来,金鱼缸里早没了水。天更蓝,更长;澹远的秋有转入阴沉的冬的样儿了。就在这样一个蓝天的早晨,我又照例伏下身子,去看兔子丢了没有。——奇怪,床下面空空的,仿佛少了什么东西似的。再仔细看,只看到两个小兔凄凉地互相偎着睡。它们的母亲跑到哪里去了呢?我立刻慌了。汗流遍了全身。本来,几天以来,大兔子的胆更大了,常常自己偷跑到天井里去。这次恐怕又是自己偷跑出去了吧。但各处,屋里,屋外,都找到了,没有影,回头又看到两个小兔子偎在我的脚下,一种莫名其妙的凄凉袭进了我的心。我哭了,我是很早就离开母亲的。我时常想到她。我感到凄凉和寂寞。看来这两个小兔子也同我一样地感到凄凉和寂寞吧。我没地方倾诉,除非在梦里,小兔子又向哪里,而且又怎样倾诉呢?——我又哭了。

起初,我还有希望,我希望大兔子会自己跑回来,蓦地给我一个大的欢喜。但是一天一天地过去,我这希望终于成了泡影。我却更爱这两个小兔子了。以前我爱它们,因为它们红亮的眼睛,雪絮似的软毛。这以后的爱里,却掺入了同情。有时我还想拿我的爱抚来弥补它们失掉母亲的悲哀。但这哪是可能的呢?眼看它们渐渐消瘦了下去。在屋里跑的时候也不像以前那样轻快了。时常偎到我的脚下来。我把它们抱在怀里，也驯顺地伏着不动。当我看到它们踽踽地走开的时候，小小的心真的充满了无名的悲哀呢！

　　这样的情况也没能延长多久，两三天以后，我忽然发现在屋里跑着的只有一个兔子，那个同伴到哪里去了呢？我又慌了，又各处地找到：墙隅，桌下，又在天井里各处找，低声唤着，落叶在脚下索索地响。终于，没有影。当我看到这剩下的一个小生命孤独地踱着的时候，再听檐边秋天特有的风声，眼泪又流下来了。——它在找它的母亲吗？找它的兄弟吗？为什么连叹息一声也不呢？宝石似的眼睛里也仿佛含着晶莹的泪珠了。夜里，在微明的灯光下，我不见它在床下沉睡；它只是不停地在屋里跑着。这冷硬的土地，这漫漫的秋的长夜，没有母亲，没有兄弟偎着，凄凉的冷梦萦绕着它。它怎能睡得下去呢？

　　第二天的早晨，天更蓝，蓝得有点古怪。小屋里照得通明，小兔在我眼前跑过的时候，洁白的茸毛上，仿佛有一点红，一闪，我再看，就在透明红润的耳朵旁边，发现一点血痕——只一点，衬了雪白的毛，更显得红艳，像鸡血石上的斑，像西天一点晚霞。我却真有点焦急了。我听人说，兔子只要见血，无论多少一滴，就会死去的。这剩下的一个没有母亲，没有兄弟的孤独的小生命也要死去吗？我不相信，这比神话还渺茫，然而摆在眼前的却就是那一点红艳的血痕，怎样否认呢？我把它抱了起来，它仿佛也知道有什么不幸要临到它身上，只伏在我的怀里，不动，放下，也不大跑了。就在这天的末尾，在黄昏的微光里，当我再伏下头去看床下的时候，除了一堆白菜和豆芽之外，什么也看不到了。我各处找了找，也没找到什么。我早知道有什么事情要发生。而且，我也想：这样也倒好的。不然，孤零零的一个活在这世界上，得不到一点温热，在凄凉和寂寞的袭击下，这长长的一生又怎样消磨呢？我不哭，但是眼泪却流在肚子里去了，悲哀沉重地压在心头，我想到了故乡里的母亲。

就这样，半个秋天以来，在我床下面跑出跑进的三个兔子一个都不见了。我再坐在靠窗的桌子旁读书的时候，从书页上面，什么都看不到了。从有着风和雨的痕迹的玻璃窗里望出去：海棠树早落净了叶子，只剩下秃光的枝干，撑着晴晴的秋的长空。夜里，我再听到外面，窸窸窣窣地响的时候，我又疑心是猫。我从朦胧中醒转来，虽然有时会在窗洞里看到两盏灯似的圆圆的眼睛。但是看床下的时候，却没有兔子来回地踱着了。眼一花，便会看到满地历乱的影子，一溜黑烟，一溜白烟，再仔细看，有什么呢？什么也没有，只有暗淡的灯照彻了冷寂的秋夜，外面又窸窣地响，是雨吧？冷栗，寂寞，混上了一点轻微空漠的悲哀，压住了我的心。一切都空虚。我能再做什么样的梦呢？

1934年2月16日

一条老狗

　　自己也不知道是什么原因,我总会不时想起一条老狗来。在过去七十年的漫长的时间内,不管我是在国内,还是在国外,不管我是在亚洲、在欧洲、在非洲,一闭眼睛,就会不时有一条老狗的影子在我眼前晃动,背景是在一个破破烂烂篱笆门前,后面是绿苇丛生的大坑,透过苇丛的疏稀处,闪亮出一片水光。

　　这究竟是怎么一回事呢?

　　无论用多么夸大的词句,也决不能说这一条老狗是逗人喜爱的。它只不过是一条最普普通通的狗,毛色棕红,灰暗,上面沾满了碎草和泥土,在乡村群狗当中,无论如何也显不出一点特异之处,既不凶猛,又不魁梧。然而,就是这样一条不起眼儿的狗却揪住了我的心,一揪就是七十年。

　　因此,话必须从七十年前说起。当时我还是一个不谙世事的毛头小伙子,正在清华大学读西洋文学系二年级。能够进入清华园,是我平生最满意的事情,日子过得十分惬意。然而,好景不长。有一天,是在秋天,我忽然接到从济南家中打来的电报,只有四个字:"母病速归。"我仿佛是劈头挨了一棒,脑筋昏迷了半天。我立即买好了车票,登上开往济南的火车。

我当时的处境是,我住在济南叔父家中,这里就是我的家,而我母亲却住在清平官庄的老家里。整整十四年前,我六岁的那一年,也就是1917年,我离开了故乡,也就是离开了母亲,到济南叔父处去上学。我上一辈共有十一位叔伯兄弟,而男孩却只有我一个。济南的叔父也只有一个女孩,于是在表面上我就成了一个宝贝蛋。然而真正从心眼里爱我的只有母亲一人,别人不过是把我看成能够传宗接代的工具而已。这一层道理一个六岁的孩子是无法理解的。可是离开母亲的痛苦我却是理解得又深又透的。到了济南后第一夜,我生平第一次不在母亲怀抱里睡觉,而是孤身一个人躺在一张小床上,我无论如何也睡不着,我一直哭了半夜。这是怎么一回事呀!为什么把我弄到这里来了呢?"遥怜小儿女,未解忆长安",母亲当时的心情,我还不会去猜想。现在追忆起来,她一定会是肝肠寸断,痛哭决不止半夜。现在,这已成了一个万古之谜,永远也不会解开了。

从此我就过上了寄人篱下的生活。我不能说,叔父和婶母不喜欢我,但是,我唯一被喜欢的资格就是,我是一个男孩。不是亲生的孩子同自己亲生的孩子感情必然有所不同,这是人之常情,用不着掩饰,更用不着美化。我在感情方面不是一个麻木的人,一些细微末节,我体会极深。常言道:没娘的孩子最痛苦。我虽有娘,却似无娘,这痛苦我感受得极深。我是多么想念我故乡里的娘呀!然而,天地间除了母亲一个人外有谁真能了解我的心情、我的痛苦呢?因此,我半夜醒来一个人偷偷地在被窝里吞声饮泣的情况就越来越多了。

在整整十四年中,我总共回过三次老家。第一次是在我上小学的时候,为了奔大奶奶之丧而回家的。大奶奶并不是我的亲奶奶;但是从小就对我疼爱异常。如今她离开了我们,我必须回家,这似乎是天经地义的事情。这一次我在家只住了几天,母亲异常高兴,自在意中。第二次回家是在我上中学的时候,原因是父亲卧病。叔父亲自请假回家,看自己共过患难的亲哥哥。这次在家住的时间也不长。我每天坐着牛车,带上一包点心,到离开我们村相当远的一个大地主兼中医的村里去请他,到我家来给父亲看病,看完再用牛车送他回去。路是土路,坑洼不平,牛车走在上面,颠颠簸簸,来回两趟,要用去差不多一整天的时间。至于医疗效果如何呢?那只有天晓得了。反正父亲的病没有好,也没有变坏。叔父和我的时间都是有限的,我们只好先回济南了。过了没有多久,父亲终于走了。一叔到济南来接我回家。这是我第三次回家,同第一次一样,专为奔丧。在家里埋葬了父亲,又住了几天。现在家里只剩下了母亲和二妹两个人。家里失掉了男主人,一个妇道人家怎样过那种只有半亩地的穷日子,母亲的心情怎样,我只有十一二岁,当时是难以理解的。但是,我仍然必须离开她到济南去继续上学。在这样万般无奈的情况下,但凡母亲还有不管是多么小的力量,她也决不会放我走的。可是她连一丝一毫的力量也没有。她一字不识,一辈子连个名字都没有能够取上,做了一辈子"季赵氏"。到了今天,父亲一走,她怎样活下去呢?她能给我饭吃吗?不能的,决不能的。母亲心内的痛苦和忧愁,连我都感觉到了。最后她只能眼睁睁地看着自己最亲爱的孩子离开了自己,走了,走了。谁会知道,这是她最后一次看到自己的儿子呢?谁会知道,这也是我最后一次见到母亲呢?

回到济南以后,我由小学而初中,由初中而高中,由高中而到北京来上大学,在长达八年的过程中,我由一个浑浑沌沌的小孩子变成了一个青年人,知识增加了一些,对人生了解得也多了不少。对母亲当然仍然是不断想念的。但在暗中饮泣的次数少了,想的是一些切切实实的问题和办法。我梦想,再过两年,我大学一毕业,由于出身一个名牌大学,抢一只饭碗是不成问题的。到了那时候,自己手头有了钱,我将首先把母亲迎至济南。她才四十来岁,今后享福的日子多着哩。

可是我这一个奇妙如意的美梦竟被一张"母病速归"的电报打了个支离破碎。我现在坐在火车上,心惊肉跳,忐忑难安。哈姆莱特问的是to be or not to be,我问的是母亲是病了,还是走了?我没有法子求签占卜,可我又偏想知道个究竟,我于是自己想出了一套占卜的办法。我闭上眼睛,如果一睁眼我能看到一根电线杆,那母亲就是病了;如果看不到,就是走了。当时火车速度极慢,从北京到济南要走十四五个小时。就在这样长的时间内,我闭眼又睁眼反复了不知多少次。有时能看到电线杆,则心中一喜。有时又看不到,心中则一惧。到头来也没能得出一个肯定的结果。我到了济南。

到了家中，我才知道，母亲不是病了，而是走了。这消息对我真如五雷轰顶，我昏迷了半晌，躺在床上哭了一天，水米不曾沾牙。悔恨像大毒蛇直刺入我的心窝。在长达八年的时间内，难道你就不能在任何一个暑假内抽出几天时间回家看一看母亲吗？二妹在前几年也从家乡来到了济南，家中只剩下母亲一个人，孤苦伶仃，形单影只，而且又缺吃少喝，她日子是怎么过的呀！你的良心和理智哪里去了？你连想都不想一下吗？你还能算得上是一个人吗？我痛悔自责，找不到一点能原谅自己的地方。我一度曾想到自杀，追随母亲于地下。但是，母亲还没有埋葬，不能立即实行。在极度痛苦中我胡乱诌了一幅挽联：

一别竟八载，多少次倚闾怅望，眼泪和血流，迢迢玉宇，高处寒否？
为母子一场，只留得面影迷离，入梦浑难辨，茫茫苍天，此恨曷极！

对仗谈不上，只不过想聊表我的心情而已。
叔父婶母看着苗头不对，怕真出现什么问题，派马家二舅陪我还乡奔丧。到了家里，母亲已经成殓，棺材就停放在屋子中间。只隔一层薄薄的棺材板，我竟不能再见母亲一面，我与她竟是人天悬隔矣。我此时如万箭钻心，痛苦难忍，想一头撞死在母亲棺材上，被别人死力拽住，昏迷了半天，才醒转过来。抬头看屋中的情况，真正是家徒四壁，除了几只破椅子和一只破箱子以外，什么都没有。在这样的环境中，母亲这八年的日子是怎样过的，不是一清二楚了吗？我又不禁悲从中来，痛哭了一场。

现在家中已经没了女主人，也就是说，没有了任何人。白天我到村内二大爷家里去吃饭，讨论母亲的安葬事宜。晚上则由二大爷亲自送我回家。那时村里不但没有电灯，连煤油灯也没有。家家都点豆油灯，用棉花条搓成灯捻，只不过是有点微弱的亮光而已。有人劝我，晚上就睡在二大爷家里，我执意不肯。让我再陪母亲住上几天吧。在茫茫百年中，我在母亲身边只住过六年多，现在仅仅剩下了几天，再不陪就真正抱恨终天了。于是二大爷就亲自提一个小灯笼送我回家。此时，万籁俱寂，宇宙笼罩在一片黑暗中，只有天上的星星在眨眼，仿佛闪出一丝光芒。全村没有一点亮光，没有一点声音。透过大坑里芦苇的疏隙闪出一点水光。走近破篱笆门时，门旁地上有一团黑东西，细看才知道是一条老狗，静静地卧在那里。狗们有没有思想，我说不准，但感情的确是有的。这一条老狗几天来大概是陷入困惑中：天天喂我的女主人怎么忽然不见了？它白天到村里什么地方偷一点东西吃，立即回到家里来，静静地卧在篱笆门旁。见了我这个小伙子，它似乎感到我也是这家的主人，同女主人有点什么关系，因此见到了我并不咬我，有时候还摇摇尾巴，表示亲昵。那一天晚上我看到的就是这一条老狗。

我孤身一个人走进屋内，屋中停放着母亲的棺材。我躺在里面一间屋子里的大土炕上，炕上到处是跳蚤，它们勇猛地向我发动进攻。我本来就毫无睡意，跳蚤的干扰更加使我难以入睡了。我此时孤身一人陪伴着一具棺材。我是不是害怕呢？不的，一点也不。虽然是可怕的棺材，但里面躺的人却是我的母亲。她永远爱她的儿子，是人，是鬼，都决不会改变的。

　　正在这时候，在黑暗中外面走进来一个人，听声音是对门的宁大叔。在母亲生前，他帮助母亲种地，干一些重活，我对他真是感激不尽。他一进屋就高声说："你娘叫你哩！"我大吃一惊：母亲怎么会叫我呢？原来宁大婶撞客了，撞着的正是我母亲。我赶快起身，走到宁家。在平时这种事情我是绝对不会相信的。此时我却是心慌意乱了。只听从宁大婶嘴里叫了一声："喜子呀！娘想你啊！"我虽然头脑清醒，然而却泪流满面。娘的声音，我八年没有听到了。这一次如果是从母亲嘴里说出来的，那有多好啊！然而却是从宁大婶嘴里，但是听上去确实像母亲当年的声音。我信呢，还是不信呢？你不信能行吗？我胡里胡涂地如醉似痴地走了回来。在篱笆门口，地上黑黢黢的一团，是那一条忠诚的老狗。

　　我又躺在炕上，无论如何也睡不着了，两只眼睛望着黑暗，仿佛能感到自己的眼睛在发亮。我想了很多很多，八年来从来没有想到的事，现在全想到了。父亲死了以后，济南的经济资助几乎完全断绝，母亲就靠那半亩地维持生活，她能吃得饱吗？她一定是天天夜里躺在我现在躺的这一个土炕上想她的儿子，然而儿子却音信全无。她不识字，我写信也无用。听说她曾对人说过："如果我知道一去不回头的话，我无论如何也不会放他走的！"这一点我为什么过去一点也没有想到过呢？古人说："树欲静而风不止，子欲养而亲不待。"现在这两句话正应在我的身上，我亲自感受到了；然而晚了，晚了，逝去的时光不能再追回了！"长夜漫漫何时旦？"我却盼天赶快亮。然而，我立刻又想到，我只是一次度过这样痛苦的漫漫长夜，母亲却度过了将近三千次。这是多么可怕的一段时间啊！在长夜中，全村没有一点灯光，没有一点声音，黑暗仿佛凝结成为固体，只有一个人还瞪大了眼睛在玄想，想的是自己的儿子。伴随她的寂寥的只有一个动物，就是篱笆门外静卧的那一条老狗。想到这里，我无论如何也不敢再想下去了；如果再想下去的话，我不知道会出现什么样的情况。

母亲的丧事处理完，又是我离开故乡的时候了。临离开那一座破房子时，我一眼就看到那一条老狗仍然忠诚地趴在篱笆门口。见了我，它似乎预感到我要离开了，它站了起来。走到我跟前，在我腿上擦来擦去，对着我尾巴直摇。我一下子泪流满面，我知道这是我们的永别，我俯下身，抱住了它的头，亲了一口。我很想把它抱回济南。但那是绝对办不到的。我只好一步三回首地离开了那里，眼泪向肚子里流。

到现在这一幕已经过去了七十年。我总是不时想到这一条老狗。女主人没了，少主人也离开了，它每天到村内找点东西吃，究竟能够找多久呢？我相信，它决不会离开那个篱笆门口的，它会永远趴在那里的，尽管脑袋里也会充满了疑问。它究竟趴了多久，我不知道，也许最终是饿死的。我相信，就是饿死，它也会死在那个破篱笆门口，后面是大坑里透过苇丛闪出来的水光。

我从来不信什么轮回转生；但是，我现在宁愿信上一次。我已经九十岁了，来日苦短了。等到我离开这个世界以后，我会在天上或者地下什么地方与母亲相会，趴在她脚下的仍然是这一条老狗。

2001.5.2写定

肆

山川异域，行者无疆

西安是一个最容易让人发思古之幽情的地方。只要一看到秦始皇陵和骊山，人们的思潮就会冲决这两个地方，向外扩散。我现在正是这样。我的心思仿佛长上了翅膀，连绵起伏，奔腾流泻。

火车上观日出

在晨光熹微中,我走出了卧铺车厢,走到了列车的走廊上。猛一抬头,我的全身连我的内心立刻激烈地震动了一下:东方正有一抹胭脂似的像月芽一般的红彤彤的东西腾涌出来。这是即将升起的朝阳,我心里想。

我年逾古稀,平生看日出多矣。有的是我有意去寻求的,比如泰山观日。整整五十年前,当时我还是一个青年小伙子,正在济南一个中学里教书。在旧历八月中秋,我约了两个朋友,从济南乘火车到泰安。当天下午我们就上了山。我只有二十三岁,正是精力旺盛的时候,我大跨步走过斗姆宫、快活三里、五大夫松,一气登上了南天门,丝毫也没有感到什么吃力,什么惊险。此时正是暮色四垂,阴影布上群山的时候,四顾寂无一人,万古的沉寂压在我们身上。在一个鸡毛小店里住了一夜。第二天,摸黑起来,披上店里的棉被,登上玉皇顶。此时东天逐渐苍白。我瞪大了眼睛,连眨眼都不敢,盼望奇迹的出现。可是左等右等,我等待的奇迹太阳只是不露面。等到东天布满了一片红霞时,再仔细一看,朝阳已经像一个红色的血球,徘徊于片片的白云中,原来太阳早已经出来了。

从那以后，过了四十多年，到了八十年代初，我第一次登上了"归来不看岳"的黄山。在北海住了三天。我曾同小泓摸黑起床，赶到一座小山顶上，那里已经黑压压地挤满了人。我们好不容易挤了上去，在人堆里争取了一块容身之地，静下心来，翘首东望，恭候日出。东天原来是灰蒙蒙一片，只是比西方、南方、北方稍微显得白了亮了一点。但是，一转瞬间，亮度逐渐增高，由淡白转成了淡红，再由淡红转成了浓红，一片霞光照亮东天。再一转瞬，一芽红痕突然涌出，红痕慢慢向上扩大，由一点到一线，由一线到一片，一轮又圆又红的球终于跳出来了。

就这样，我在泰山和黄山这两个在全中国甚至全世界都以能观日出而声名远扬的名山上，看到了日出。是我自己处心积虑一意追求而得来的。

我现在是在火车上，既非泰山，也非黄山。我做梦也没有想到会同观赏日出联系起来，我一点寻求的意思也没有。然而，仿佛眼前出现了奇迹：摆在我眼前的是不折不扣的日出。我内心的震惊不是完全很自然的吗？

这样的日出，从来没有听人说观赏过，连听人谈到过都没有。它同以前处心积虑一意追求看到的不一样，完完全全地不一样。不管在泰山，还是在黄山，我都是静止不动的。太阳虽然动，也只是在一个地方动，她安详自在，慢条斯理，威严端重，不慌不忙。她在我眼中是崇高的化身，是威仪的重现。正像印度大诗人泰戈尔每天早晨对着朝阳沉思默祷那样,太阳在我眼中也是神圣不可侵犯的。

然而现在却是另一番景象。火车风驰电掣,顷刻数里,一刻也不停。而太阳也是一刻也不停,穷追不舍。她仿佛是率领着白云、朝霞、沧海、苍穹,仿佛率领着她那些如云的随从,追赶着火车,追赶着车上的我,过山、过水、过森林、过小村。有时候我甚至看到她鬓云凌乱,衣冠不整。原来的端庄威严,安详自在,一点影子都没有了。是她在处心积虑,一意追求,追求着火车上的我,一定要我观看她的出现。此时我的心情简直是用任何言语也形容不出来了。

太阳一方面穷追不舍,一方面自己在不停地变幻。最初我只看到在淡红色的云堆中慢慢地涌出了一点红色月芽似的东西。月芽逐渐扩大、扩大、扩大,最初的颜色像是朱砂,眼睛能够直视。但是,随着体积的逐渐扩大,朱砂逐渐变为黄金,光芒越来越亮,到了最后,辉光熎耀,谁要是再想看她,她的光芒就要刺他眼睛了。等到太阳高高升起的时候,她在天空里俯视大地,俯视火车,俯视火车中的我,她又恢复了她那端庄威严,安详自在的神态,虽然是仍然跟着火车走,却再也没有那种仓促急忙的样子了。

这短短的车上观日出的经历,对我来说,简直像是一次神秘的天启。它让我暂时离开了尘世,离开了火车,甚至离开了我自己。我体会到变中有不变,不变中又有变;我体会到变化与速度的交互融合，交互影响。这种体会，我是无法说清楚的。等我回到车厢内的时候，人们还在熟睡未醒。我仿佛怀着独得之秘，静静地坐在那里，回想刚才的一切，余味犹甘。一团焜耀的光辉还留在我的心中。

1984年10月17日在烟台写初稿
1992年7月10日在北京写定稿

在敦煌

刚看过新疆各地的许多千佛洞，在驱车前往敦煌莫高窟千佛洞的路上，我心里就不禁比较起来：在那里，一走出一个村镇或城市，就是戈壁千里，寸草不生；在这里，一离开柳园，也是平野百里，禾稼不长；然而却点缀着一些骆驼刺之类的沙漠植物，在一片黄沙中绿油油地充满了生意，看上去让人不感到那么荒凉、寂寞。

我们就是走过了数百里这样的平野，最终看到一片葱郁的绿树，隐约出现在天际，后面是一列不太高的山岗，像是一幅中国水墨山水画。我暗自猜想：敦煌大概是来到了。

果然是敦煌到了。我对敦煌真可以说是"久仰大名，如雷贯耳"了。我在书里读到过敦煌，我听人谈到过敦煌，我也看过不知多少敦煌的绘画和照片。几十年梦寐以求的东西如今一下子看在眼里，印在心中，"相见翻疑梦"，我似乎有点怀疑，这是否是事实了。

敦煌毕竟是真实的。它的样子同我过去看过的照片差不多，这些我都是很熟悉的。此处并没有崇山峻岭，幽篁修竹，有的只不过是几个人合抱不过来的千岁老榆，高高耸入云天的白杨，金碧辉煌的牌楼，开着黄花、红花的花丛。放在别的地方,这一切也许毫无动人之处;然而放在这里,给人的印象却是沙漠中的一个绿洲,戈壁滩上的一颗明珠,一片淡黄中的一点浓绿,一个不折不扣的世外桃源。

至于千佛洞本身,那真是琳琅满目,美不胜收,五光十色,云蒸霞蔚。无论用多么繁缛华丽的语言文字,不管这样的语言文字有多少,也是无法描绘,无法形容的。这里用得上一句老话了:"只能意会,不能言传。"洞子共有四百多个,大的大到像一座宫殿,小的小到像一个佛龛。几乎每一个洞子里都画着千佛的像。洞子不论大小,墙壁不论宽窄,无不满满地画上了壁画。艺术家好像决不吝惜自己的精力和颜料,决不吝惜自己的光阴和生命,把墙壁上的每一点空间,每一寸的空隙,都填得满满的,多小的地方,他们也决不放过。他们前后共画了一千年,不知流出了多少汗水,不知耗费了多少心血,才给我们留下了这些动人心魄的艺术瑰宝。有的壁画,就暴露在光天化日之下,经过了一千年的风吹、雨打、日晒、沙浸,但彩色却浓郁如新,鲜艳如初。想到我们先人的这些业绩,我们后人感到无比地兴奋、震惊、感激、敬佩,这难道不是很自然的吗?

我们走进了洞子,就仿佛走进了久已逝去的古代世界,甚至古代的异域世界;仿佛走进了神话的世界,童话的世界。尽管洞内洞外一点声音都没有,但是看到那些大大小小的雕塑,特别是看到墙上的壁画:人物是那样繁多,场面是那样富丽,颜色是那样鲜艳,技巧是那样纯熟,我们内心里就不禁感到热闹起来。我们仿佛亲眼看到释迦牟尼从兜率天上骑着六牙白象下降人寰，九龙吐水为他洗浴，一下生就走了七步，口中大声宣称："天上天下，唯我独尊。"我们仿佛看到他读书、习艺。他力大无穷，竟把一只大象抛上天空，坠下时把土地砸了一个大坑。我们仿佛看到他射箭，连穿七个箭靶。我们仿佛看到他结婚，看到他出游，在城门外遇到老人、病人、死人与和尚，看到他夜半乘马逾城逃走，看到他剃发出家。我们仿佛看到他修苦行，不吃东西，修了六年，把眼睛修得深如古井。我们又仿佛看到他翻然改变主意，毅然放弃了苦行，吃了农女献上的粥，又恢复了精力，走向菩提树下，同恶魔波旬搏斗，终于成了佛。成佛后到处游行，归示，度子，年届八旬，在双林涅槃。使我们最感兴趣、给我们印象最深的是那许许多多的涅槃的画。释迦牟尼已经逝世，闭着眼睛，右胁向下躺在那里。他身后站着许多和尚和俗人。前排的人已经得了道，对生死漠然置之，脸上毫无表情地站在那里。后排的人，不管是国王，各族人民，还是和尚、尼姑，因为道行不高，尘欲未去，参不透生死之道，都嚎啕大哭，有的捶胸，有的打头，有的击掌，有的顿足，有的撕发，有的裂衣，有的甚至昏倒在地。我们真仿佛听到哭声震天，看到泪水流地，内心里不禁感到震动。最有趣的是外道六师，他们看到主要敌手已死，高兴得弹琴、奏乐、手舞、足蹈。在盈尺或盈丈的墙壁上，宛然一幅人生哀乐图。这样的宗教画，实际上是人世社会的真实描绘。把千载前的社会现实，栩栩如生地搬到我们今天的眼前来。

在很多洞子里，我们又仿佛走进了西方的极乐世界，所谓净土。在这个世界里，阿弥陀佛巍然坐在正中。在他的头上、脚下、身躯的周围画着极乐世界里各种生活享受：有伎乐，有舞蹈，有杂技，有饮馔。好像谁都不用担心生活有什么不足，衣来伸手，饭来张口。而且这些饮食和衣服，都用不着人工去制作。到处长着如意神树，树枝子上结满了各种美好的饮食和衣着，要什么，有什么，只需一伸手一张口之劳，所有的愿望就都可以满足了。小孩子们也都兴高采烈，他们快乐得把身躯倒竖起来。到处都是美丽的荷塘和雄伟的殿阁，到处都是快活的游人。这些人同我们这些凡人一样，也过着世俗的生活。他们也结婚。新郎跪在地上，向什么人叩头。新娘却站在那里，羞答答不肯把头抬。许多参加婚礼的客人在大吃大喝。两只鸿雁站在门旁。我早就读过古代结婚时有所谓"奠雁"的礼节，却想不出是什么情景。今天这情景就摆在我眼前，仿佛我也成了婚礼的参加者了。他们也有老死。老人活过四万八千岁以后，自己就走到预先盖好的坟墓里去。家人都跟在他后面，生离死别。虽然也有人磕头涕哭，但是总起来看，脸上的表情却都是平静的、肃穆的，好像认为这是人生规律，无所用其忧戚与哀悼。所有这一切世俗生活的绘画，当然都是用来宣扬一个主题思想：不管在什么样的生活环境中，只要一心念阿弥陀佛，就可以往生净土，享受天福。这当然都是幻想，甚至是欺骗。但是艺术家的态度是认真的，他们的技巧是惊人的。他们仔细地描，小心地画，结果把本是虚无缥缈的东西画得像真实的事物一样,生动活泼地、毫不含糊地展现在我们眼前,让我们对于历史得到感性认识,让我们得到奇特美妙的艺术享受。艺术家可能真正相信这些神话的,但是这对我们是无关重要的,重要的是他们的画。这些画画得充满了热情,而且都取材于现实生活。在世界各国的历史上,所有的神仙和神话,不管是多么离奇荒诞,他们的模特儿总脱离不开人和人生,艺术家通过神仙和神话,让过去的人和人生重现在我们眼前。我们探骊得珠,于愿已足,还有什么可以强求的呢?

最使我吃惊的是一件小事:在这富丽堂皇的极乐世界中,在巍峨雄伟的楼台殿阁里,却忽然出现了一只小小的老鼠,鼓着眼睛,尖着尾巴,用警惕狡诈的目光向四下里搜寻窥视,好像见了人要逃窜的样子。我很不理解,为什么艺术家偏偏在这个庄严神圣的净土里画上一只老鼠。难道他们认为,即使在净土中,四害也是难免的吗?难道他们有意给这万人向往的净土开上一个小小的玩笑吗?难道他们有意表示即使是净土也不是百分之百的纯洁吗?我们大家都不理解,经过推敲与讨论,仍然是不理解。但是我们都很感兴趣,认为这位艺术家很有勇气,决不因循抄袭,决不搞本本主义,他敢于石破天惊地去创造。我们对他都表示敬意。

在许多洞子里,我们还看到了许多经变,什么法华经变,楞伽经变,金光明经变,如此等等。艺术家把经中的许多章节,不是根据经文,而是根据变文,用绘画的形式表现出来。在这些经变里,法华经普门品似乎是最受欢迎的一品。普门品说，谁要是一心称观世音菩萨的名，入大火，大火不能烧；入大水，大水不能漂；入海求宝遇到黑风，船飘堕罗刹国，可以解脱罗刹之难；遭迫害临刑，刑刀段段坏；女子求生男孩，就可以生福德智慧之男；求生女孩，就可以生端正有相之女。总之，威灵显赫，有求必应。画上最多的是临刑刀寸寸断的情景。这似乎是最能形象地表现观音菩萨的法力的一个题材。但是我们也可以看到许多描绘人民生活和生产的情景。一个农民赶着耕牛去耕地。许多小手工业者坐在那里制作什么东西。人们在家里面安静地宴客。人们在花园中游乐。人们到灞桥去送别亲友，折杨柳为赠。我曾在不知多少唐诗中读到这情景，今天才第一次在绘画上看到。最有意思的、最耐人寻味的是许多绘画，画的是人们大便的情景，刷牙的情景，据我所知道的，在世界各国任何时代的任何绘画中都难找到这样的绘画。这好像也成了绘画的禁区。然而我们的艺术家却有勇气冲破这不成文而事实上却存在的禁区，把这种细微并不那么太雅观的情景画给我们看。除了佩服以外，我还能说些什么呢？此外，描绘舞蹈的场面和杂技的场面，也是非常动人的。一个个乐队，一个个乐工，手中执着各种各样的乐器，什么箫、笛、筝、琴、箜篌、排箫、阮咸、琵琶，还有尺八，神情是这样逼真，人物是这样细致，我们耳中仿佛能听到各种乐器和谐的弹奏声，静静的洞子一时喧闹起来。舞蹈的场面也很动人。男女舞人，翩翩起舞，有人甩着长大的袖子，有人动作非常强烈，所谓"胡旋舞"大概就是这个样子吧。我们看到的虽然不是真正舞蹈，

| 肆 | 山川异域，行者无疆

而只是绘画，但是我们也恍然感到"观者如山色沮丧，天地为之久低昂。㸌如羿射九日落，矫如群帝骖龙翔。来如雷霆收震怒，罢如江海凝清光"。至于杂技，更是动人心魄。一个演员站在那里，头上顶着长竿，竿顶上站着一个人，人头顶上还站着一个小孩子。看那摇摇欲坠的样子，我们不禁为画上的古人担忧起来。然而，不要怕，两旁还站着两个人哩。他们好像是为了防备万一而站在那里。虽然都戴着纱帽，斯斯文文的，看来好像也满有把握。我们可以放心了。前面坐着一些人，这大概就是观众。画面上人数不算多，但看上去却热闹得很。在古代文化交流中，音乐、舞蹈和杂技，好像是占着突出的地位。在新疆的许多千佛洞中，这样的场面也是随时可见的。

在所有的经变中，维摩诘经变是最常见的。这一部经在唐代大概非常流行、非常受欢迎的。唐代一个姓王的大诗人，取名维，字摩诘，合起来就是维摩诘，就是一个很好的证明。我们在很多洞子里，都看到关于维摩诘的壁画。尽管大小不同，洞子不同；但是他的形象却基本上是一致的。维摩诘手执麈尾或者扇子，傲然地斜坐在一张床上，眼神嘴角流露出一副能言善辩、轻蔑藐视的神态。这一部经本身就是一部很好的长篇小说，讲的是一个佛教的居士，名叫维摩诘，唐玄奘译为无垢称。他深通佛法，辩才无碍。有一次他病了，如来佛派大弟子舍利弗去问疾。舍利弗吃过他辩才的苦头，有点发怵不敢去。佛又派大目犍连、大迦叶、须菩提、富楼那弥多罗尼子、摩诃迦旃延、阿那律、优波离、罗睺罗、阿难、弥勒菩萨、善德等

109

等去，但是谁也没有胆量去。最后文殊师利膺命前往。维摩诘以神力空其室内，只留下了一张床，他生病坐在上面。于是二人展开了一场辩才战。诸菩萨、大弟子、群释、四天王等都赶来瞧热闹。后来舍利弗和大迦叶也赶了来。最后文殊师利和维摩诘一起来见佛。这一篇小说似的经文以如来把正法付嘱于弥勒佛而结束。小说本身内容很丰富，辩论很激烈，描绘很生动，对话很犀利。壁画更发展了这一部经文，把故事画得热闹非常、生动活泼，具有极大的感染力。维摩诘仿佛就要从床上站立起来，而且要走下墙来，同我们展开一场唇枪舌战……

在许多洞子里，除了神话故事以外，还画着许多世俗画。开洞的窟主往往把自己以及一家人都画在墙上。有时候画上一队男官人，前面的几个都是秃头的和尚；一队贵妇前面几个是秃头的尼姑。这是本家庭里面出家的人，是他们的光荣，是他们的骄傲，所以才被画在前面。这些男女贵人排成队，好像要向佛爷走去。他们为什么要把自己的像画在这千佛洞里呢？是为了宗教功德吗？还是为了永垂不朽？恐怕二者都有一点吧。最引人注目的是张义潮出游图。唐代这一个独霸一方的大军阀、大官僚，在河西一带很有势力，很有影响，他一跺脚，整个河西走廊都会震动。他的家族开凿了不少的洞子，在一个洞子里就画着自己出游的情景。他自己巍然骑在马上，前面是部队开路，也都骑着马，有的手里拿着乐器，有的手里举着旗帜。拿乐器的正在猛吹猛奏，好像是要行人回避，也好像是在为军容壮声威。后面跟的是成群的扈从，都是宽衣博带，雍容华贵。乐器中除了喇叭等之外，还有画角，我从小念唐诗，不知多少次碰到"画角"这个字眼，但是始终没有见过画角是什么样子。今天见面，宛如故友重逢，分外感到亲切。总之，这一幅一千多年前的出游行乐图，彩色鲜艳地、生动活泼地摆在我们眼前。当时的情景跃然壁上。我们今天站在下面看壁画的人，恍惚间成了当时站在路旁的旁观者，看人马杂沓，车如流水，乐声喧腾，尘土飞扬，好像正从墙壁的一端走向另一端，转瞬即逝。

在一个洞子里，我们还看到一幅巨大的五台山图。既然是五台山，当然与宣扬文殊菩萨是分不开的。但是我们今天看到的却是一幅用绘画形式表现出来的地图和人民生活图。这幅图上画的是从镇州（正定）一直到并州（太原）旅途的情景。这条绵延数百里的路是同绵延数百里的五台山分不开的。这座大山峰峦起伏，山头林立，宛如雨后的春笋一般。山上的名刹都画出了房舍，标出了名字。山下则是一条商路。商人们熙熙攘攘，车水马龙，牲口背上驮着货物，匆匆忙忙向前趱行。旅途是遥远的，就必然要有住宿的客店。于是在图上许多地方都画着客店。店主人、店小二在热情地招呼客人，客人则是出出进进，热闹非常。我们今天的中国青年，甚至中年老年，习惯于住北京饭店、国际饭店一类的高楼大厦，对古代商人旅人行路困难丝毫没有认识。读到"鸡声茅店月，人迹板桥霜"，还有什么"夕阳西下，断肠人在天涯"，也许还能引起一些遐思，但是决不会引起同情，我们对那种生活已经非常非常隔膜了。

但是这一幅五台山图，会把我们带回到当年的生活环境中去，让我们做一个思古的梦。从这个意义上来讲，这一幅壁画无疑是我们的国宝之一。当年有一个帝国主义国家要出十万美元，收买这一幅壁画，没有得逞，否则我们的这件国宝早已到了波士顿博物馆之类的地方去了。岂不惜哉！

在另外一些洞子里，我们还看到一些和尚西行求法的壁画。这也是必然的。开凿这些洞子主要的是为了宣扬佛教。"千佛洞"这个名词本身就说明了一切。佛教来自印度，这里画着许多出生在印度的佛爷和菩萨，是很自然的。但是如果没有中国和尚到印度去取经，没有印度和尚到中国来送经，佛教是决不会自己走了来的。因此，我们总是期望，在某一些洞子里能够看到中国西行求法的和尚，事实上也正是这样，我们看到了，而且看到的还不少。一提到西行求法，谁都会立刻就想到唐代高僧玄奘。在一个洞子里，我们确实看到了唐僧取经的壁画。这是一幅水月观音的巨大的壁画，水月观音巨大的身躯几乎占满了全壁。他身上衣着金碧辉煌，头上冠冕富丽堂皇。令人吃惊的是，他嘴上居然还留着一撮小胡子。他神态倨傲又慈悲，伸脚坐在那里。在壁画的右下角一块小小的地方画着玄奘，双手合十站在一个悬崖上，面向水月观音，好像就正向他致敬。他身后是大徒弟孙悟空，手里牵着那一匹小白龙变成的马。二徒弟猪八戒和三徒弟沙僧跑到哪里去了呢？看样子他们并没有去寻山探路，也不是去托钵求斋，他们还站在壁画外面，正在向着壁画里走哩。

同求法高僧有联系的是商人。宗教按理说是出世的，和尚尼姑是不许触摸金银的。而"商人重利轻别离"，他们总是想赚大钱的。他们之间是风马牛不相及的，哪里会有什么联系呢？但是所有在中国境内的千佛洞都是开凿在丝绸之路沿线的，丝绸之路顾名思义是一条商业大道。这就有力地说明了二者间的密切关系。在印度佛教史上，从佛祖释迦牟尼开始，就同商人有亲密地往来，和尚和商人，不但相辅相成，而且相依为命。所以丝绸之路，同时也是宗教之路。中国、印度和其他国家的高僧很大一部分是走丝绸之路来往的。因此，在千佛洞里除了求法高僧外，看到商人的壁画，也是很自然的。在新疆拜城克孜尔千佛洞中，我曾在一壁佛画的中间一小块空隙中看到一个穿伊朗服装的商人，赶着几匹骆驼，上面驮着中国出产的丝，正在走路的样子。一个佛爷站在旁边，好像把自己的右手的两个指头像点蜡烛一样点了起来，发出万丈光芒，照亮了丝绸之路。这幅壁画的用意是再清楚不过的，这里用不着多说。在敦煌的千佛洞里，丝绸之路也有所表现。贩运丝绸的中外商人，赶着骆驼和马，向西方迈进。沙路茫茫，前途万里，而商人毫不气馁。有的地方画着商人在路上走路的情况。路大概是很难走，马走得乏了，再也不想前进，于是一个商人在前面用力牵，另一个商人在后面拼命地用鞭子抽打，人忙马嘶的情景宛在目前，宛在耳边。还有不少地方画着商人遇劫的情况。一些绿林豪客手执明晃晃的钢刀，耀武扬威地挡在那里。商人们则卑躬屈膝，甚至跪在地上求饶，觳觫之状可掬，他们仿佛是在对话，声音就响在我们耳边。可见，虽然有佛光照亮万里长途，但人间毕竟是人间，行路难之叹，唐代诗人早就发出来了，何况是漫漫数万里呢？至于海上商路，虽然不在丝绸之路上，但是我们的艺术家也不放过。我们在几个地方都看到航海的商船。船并不大，上面画着几个人，好像都已经把船占满了，有点象征主义的味道。但是船外的海涛决不含糊地告诉我们，这是飘洋过海的壮举。为什么在万里之外的甘肃新疆大沙漠里，竟然画到海上贸易呢？这一点，我还不十分清楚，也还要推敲而且研究。

　　总之，洞子共有四百多个，壁画共有四万多平方米，绘画的时间绵延了一千多年，内容包括了天堂、净土、人间、地狱、华夏、异域、和尚、尼姑、官僚、地主、农民、工人、商人、小贩、学者、术士、妓女、演员，男、女、老、幼，无所不有。在短短的几天之内，我仿佛漫游了天堂、净土，漫游了阴司、地狱，漫游了古代世界，漫游了神话世界，走遍了三千大千世界，攀登神山须弥山，见到了大梵天、因陀罗，同四大天王打过交道，同牛首马面有过会晤，跋涉过迢迢万里的丝绸之路，漂渡烟波浩渺的大海大洋，看过佛爷菩萨的慈悲相，听维摩诘的辩才无碍，我脑海里堆满色彩缤纷的众生相，错综重叠，突兀峥嵘，我一时也清理不出一个头绪来。在短短几天之内，我仿佛生活了几十年。在过去几十年中，对于我来说是非常抽象的东西，现在却变得非常具体了。这包括文学、艺术、风俗、习惯、民族、宗教、语言、历史等等领域。我从前看到过唐代大画家阎立本的帝王图，李思训的金碧山水，宋朝朱襄阳朱点山水，明朝陈老莲的人物画，大涤子的山水画，曾经大大地惊诧于这些作品技巧之完美，意境之深邃，但在敦煌壁画上，这些都似乎是司空见惯，到处可见。而且敦煌壁画还要胜它们一筹：在这里，浪漫主义的气氛是非常浓的。有的画家竟敢画一个乐队，而不画一个人，所有的乐器都系在飘带上，飘带在空中随风飘拂，乐器也就自己奏出声音，汇成一个气象万千的音乐会。这样的画在中国绘画史上，甚至在别的国家的绘画史上能够找得到吗？

不但在洞子里我们好像走进了久已逝去的古代世界，就是在洞子外面，我们倘稍不留意，就恍惚退回到历史中去。我们游览国内的许多名胜古迹时，总会在墙壁上或树干上看到有人写上的或刻上的名字和年月之类的字，什么某某人何年何月到此一游。这种不良习惯我们真正是已经司空见惯，只有摇头苦笑。但要追溯这种行为的历史那恐怕是古已有之了。《西游记》上记载着如来佛显示无比的法力，让孙悟空在自己的手掌中翻筋斗，孙悟空翻了不知多少十万八千里的筋斗，最后翻到天地尽头，看到五根肉红柱子，撑着一股青气。为了取信于如来佛，他拔下一根毫毛，吹口仙气，叫"变！"，变作一管浓墨双毫笔。在那中间柱子上写一行大字云："齐天大圣，到此一游。"还顺便撒了一泡猴尿。因此，我曾想建议这一些唯恐自己的尊姓大名不被人知、不能流传的善男信女，倘若组织一个学会时，一定要尊孙悟空为一世祖。可是在敦煌，我的想法有些变了。在这里,这样的善男信女当然也不会绝迹。在墙壁上题名刻名到处可见,这些题刻都很清晰,仿佛是昨天才弄的。但一读其文,却是康熙某年,雍正某年,乾隆某年,已经是几百年以前的事了。当我第一次看到的时候,我不禁一愣:难道我又回到康熙年间去了吗?如此看来,那个国籍有点问题的孙悟空不能专"美"于前了。

我们就在这样一个仿佛远离尘世的弥漫着古代和异域气氛的沙漠中的绿洲中生活了六天。天天忙于到洞子里去观看。天天脑海里塞满了五光十色丰富多彩的印象,塞得这样满,似乎连透气的空隙都没有。我虽局处于斗室之中,却神驰于万里之外;虽局限于眼前的时刻之内,却恍若回到千年之前。浮想联翩,幻影沓来,是我生平思想最活跃的几天。我曾想到,当年的艺术家们在这样阴暗的洞子里画画,是要付出多么大的精力啊!我从前读过一部什么书,大概是美术史之类的书,说是有一个意大利画家,在一个大教堂内圆顶天篷上画画,因为眼睛总要往上翻,画了几年之后,眼球总往上翻,再也落不下来了。我们敦煌的千佛洞比意大利大教堂一定要黑暗得多,也要狭小得多,今天打着手电,看洞子里的壁画,特别是天篷上藻井上的画,线条纤细,着色繁复,看起来还感到困难,当年艺术家画的时候,不知道有多少困难要克服。周围是茫茫的沙碛,夏天酷暑,而冬天严寒,除了身边的一点浓绿之外,放眼百里惨黄无垠。一直到今天,饮用的水还要从几十里路外运来,当年的情况更可想而知。在洞子里工作,他们大概只能躺在架在空中的木板上,仰面手执小蜡烛,一笔一笔地细描细画。前不见古人,我无法见到那些艺术家了。我不知道他们的眼睛也是否翻上去再也不能下来。我不知道是一种什么力量在支撑着他们,在那样艰苦的条件下给我们留下了这样优美的杰作,惊人的艺术瑰宝。我们真应该向这些艺术家们致敬啊!

我曾想到,当年中国境内的各个民族在这一带共同劳动,共同生活,有的赶着羊群、牛群、马群,逐水草而居,辗转于千里大漠之中;有的在沙漠中一小块有水的土地上辛勤耕耘,努力劳作。在这里,水就是生命,水就是幸福,水就是希望,水就是一切,有水斯有土,有土斯有禾,有禾斯有人。在这样的环境中,只有互相帮助,才能共同生存。在许多洞子里的壁画上,只要有人群的地方,从人们的面貌和衣着上就可以看到这些人是属于种种不同的民族的。但是他们却站在一起,共同从事什么工作。我认为,连开凿这些洞的窟主,以及画壁画的艺术家都决不会出于一个民族。这些人今天当然都已经不在了。人们的生存是暂时的,民族之间的友爱是长久的。这一个简明朴素的真理,一部中国历史就可以提供证明。我们生活在现代,一旦到了敦煌,就又仿佛回到了古代。民族友爱是人心所向,古今之所同。看了这里的壁画,内心里真不禁涌起一股温暖幸福之感了。

我又曾想到,在这些洞子里的壁画上,我们不但可以看到中国境内各个民族的人民,而且可以看到沿丝绸之路的各国的人民,甚至离开丝绸之路很远的一些国家的人民。比如我在上面讲到如来佛涅槃以后，许多人站在那里悲悼痛苦，这些人有的是深目高鼻，有的是颧骨高而眼睛小，他们的衣着也完全不同。艺术家可能是有意地表现不同的人民的。当年的新疆、甘肃一带，从茫昧的远古起，就是世界各大民族汇合的地方。世界几大文明古国，中国、印度、希腊的文化在这里汇流了。世界几大宗教，佛教、伊斯兰教、基督教在这里汇流了。世界的许多语言，不管是属于印欧语系，还是属于其他语系也在这里汇流了。世界上许多国家的文学、艺术、音乐，也在这里汇流了。至于商品和其他动物植物的汇流更是不在话下。所有这一切都在洞子里留下了不可磨灭的痕迹。遥想当年丝绸之路全盛时代，在绵延数万里的路上，一定是行人不断，驼、马不绝。宗教信徒、外交使节、逐利商人、求知学子，各有所求，往来奔波，绝大漠，越流沙，轻万生以涉葱河，重一言而之奈苑，虽不能达到摩肩接踵的程度，但盛况可以想见。到了今天，情势改变了，大大地改变了。出现在我们眼前的是流沙漫漫，黄尘滚滚，当年的名城——瓜州、玉门、高昌、交河，早已沦为废墟，只留下一些断壁颓垣，孤立于西风残照中，给怀古的人增添无数的诗料。但是丝路虽断，他路代兴，佛光虽减，人光有加，还留下像敦煌莫高窟这样的艺术瑰宝，无数的艺术家用难以想象的辛勤劳动给我们后人留下这么多的壁画、雕塑，供我们流连探讨，使世界各国人民惊叹不置。抚今追昔，我真感到无比地幸福与骄傲，我不禁发思古之幽情，觉今是昨亦是，感光荣于既往，望继承于来者，心潮起伏，感慨万端了。

薄暮时分，带着那些印象，那些幻想，怀着那些感触，一个人走出了招待所去散步。我走在林荫道上，此时薄霭已降，暮色四垂。朱红的大柱子，牌楼顶上碧色的琉璃瓦，都在熠熠地闪着微光。远处砂碛没入一片迷茫中，少时月出于东山之上，清光洒遍了山头、树丛，一片银灰色。我周围是一片寂静。白天里在古榆的下面还零零落落地坐着一些游人，现在却空无一人。只有小溪中潺湲的流水间或把这寂静打破。我的心蓦地静了下来，仿佛宇宙间只有我一个人。我的幻想又在另一个方面活跃起来。我想到洞子里的佛爷，白天在闭着眼睛睡觉，现在大概睁开了眼睛，连涅槃了的如来也会站了起来。那许多商人、官人、菩萨、壮汉，白天一动不动地站在墙壁上，任人指指点点，品头论足。现在大概也走下墙壁，在洞子里活动起来了。那许多奏乐的乐工吹奏起乐器，舞蹈者、演杂技者，也都摆开了场地，表演起来。天上的飞天当然更会翩翩起舞，洞子里乐声悠扬，花雨缤纷。可惜我此时无法走进洞子，参加他们的大合唱。只有站在黑暗中望眼欲穿，倾耳聆听而已。

在寂静中，我又忽然想到在敦煌创业的常书鸿同志和他的爱人李承仙同志，以及其他几十位工作人员。他们在这偏僻的沙漠里，忍饥寒，斗流沙，艰苦奋斗，十几年，几十年，为祖国，为人民立下了功勋，为世界上爱好艺术的人们创造了条件。敦煌学在世界上不是已经成为一门热门学科了吗？我曾到书鸿同志家里去过几趟。那低矮的小房，既是办公室、工作室、图书室,又是卧室、厨房兼餐厅。在解放了三十年后的今天,生活条件尚且如此之不够理想,谁能想象在解放前那样黑暗的时代,这里艰难辛苦会达到何等程度呢?门前那院子里有一棵梨树。承仙同志告诉我,他们在将近四十年前初到的时候,这棵梨树才一点点粗,而今已经长成了一棵粗壮的大树,枝叶茂密,青翠如碧琉璃,枝上果实累累,硕大无比。看来正是青春妙龄,风华正茂。然而看着它长起来的人却垂垂老矣。四十年的日日夜夜在他们身上不可避免地会留下了痕迹。然而,他们却老当益壮,并不服老,仍然是日夜辛勤劳动。这样的人难道不让我们每个人都油然起敬佩之情吗?

我还看到另外一个人的影子,在合抱的老榆树下,在如茵的绿草丛中,在没入暮色的大道上,在潺潺流水的小河旁。它似乎向我招手,向我微笑,"翩若惊鸿,宛如游龙;荣曜秋菊,华茂春松",这影子真是可爱极了。我是多么急切地想捉住它啊!然而它一转瞬就不见了。一切都只是幻影。剩下的似乎只有宇宙和我自己。

剩下我自己怎么办呢?我真是进退两难,左右拮据。在敦煌,在千佛洞,我就是看一千遍一万遍也不会餍足的。有那样桃源仙境似的风光,有那样奇妙的壁画,有那样可敬的人,又有这样可爱的影子。从我内心深处我真想长期留在这里,永远留在这里。真好像在茫茫的人世间奔波了六十多年才最后找到了一个归宿。然而这样做能行得通吗?事实上却是办不到的。我必须离开这里。在人生中,我的旅途远远不到结束的时候,我还不能停留在一个地方。在我前面,可能还有深林、大泽、崇山、幽谷,有阳关大道,有独木小桥。我必须走上前去,穿越这一切。现在就让我把自己的身躯带走,把心留在敦煌吧。

1979年10月9日初稿
1980年3月3日定稿

登黄山记

早就听人说过:"五岳归来不看山,黄山归来不看岳。"又经常遇到去过黄山的人讲述那里的奇景,还看到画家画的黄山,摄影家摄的黄山,黄山在我的心中就占了一个地位。我也曾根据那些绘画和摄影,再挦上点传闻,给自己描绘了一幅黄山图,挂在我的心头。我带着这样一幅黄山图曾周游国内,颇看了一些名山大川。五岳之尊的泰山,我曾凌绝顶,观日出。在国外,我也颇游览了一些国家,徜徉于日内瓦的莱茫湖畔,攀登了雪线以上的阿尔卑斯山,尽管下面烈日炎炎,顶上却永远积雪皑皑。所有这一切都是永世难忘的。但是我心中的那一幅黄山图,尽管随着游览的深广而多少有所修正,但毕竟还是非常美的,非常迷人的。

今天我就带着我心中的那一幅黄山图,到真正的黄山来了。

汽车从泾县驶出,直奔黄山。一路上,汽车蜿蜒绕行于万山丛中。我的幻想也跟着蜿蜒起来。眼前是千山万岭,绵延不绝;但是山峰的形象从远处看上去都差不多。远处出现了一个耸入晴空的高峰,"那就是黄山了吧!"我心里想。但是一转眼,另一个更高的山峰呈现在我的眼前,我只好打消了刚才的想法。如此周而复始，不知循环了多少遍。还有一个问题一直萦回在我的脑际：在这千山万岭中，是谁首先发现黄山这一个天造地设的人间仙境呢？是否还有另一个更美的什么山没有被发现呢？我的幻想一下子又扯到徐霞客身上。今天我们乘坐汽车来到这里，还感到有些疲惫不堪。当年徐霞客是怎样来的呢？他只能自己背着行李，至多雇上一个农民替他背着，自己手执藤杖，风餐露宿，踽踽独行于崇山峻岭中，夜里靠松明引路，在虎狼的嗥叫声中，慢慢地爬上去。对比起来，我们今天确实是幸福多了。……

就这样，汽车一边飞快地行驶，我一边在飞快地幻想。我心里思潮腾涌，绵绵不断，就像那车窗外的绵延的万山一样。

汽车终于来到了黄山大门外。

一走进黄山大门，天都峰就像一团无限巨大的黑色云层，黑乎乎地像泰山压顶一般对着我的头顶压下来，好像就要倒在我的头上。我一愣：这哪里是我心中的那个黄山呢？然而这毕竟是真实的黄山。我几十年蕴藏在心中的那一幅黄山图一下子烟消云散了。我心中怅然若有所失；但是我并不惋惜。应该消逝的让它消逝吧！我现在已经来到了真实的黄山。

从此以后，真实的黄山就像一幅古代的画卷一样，一幅一幅地、慢慢地展现在我的眼前。

出宾馆右行，经疗养院右转进山，山势一下子就陡了起来。我曾经听别人说过，从什么地方到什么地方是多少多少华里。在导游书上，我也看到了这样的记载。我原以为几华里几华里都是在平面上的,因此我对黄山就有了一些不正确的理解。现在,接触了实际,才知道这基本上是按立体计算的。在这里走上一华里,同平地上不大一样,费的劲儿要大得多。就是向上走上一尺,也要费上一点力气。没有别的办法,只好喘气流汗了。我低头看着脚下的台阶,右手使劲地拄着竹杖,一步一步地向上爬行。我眼睛里看到的只是台阶,台阶,台阶。有时候,我心里还数着台阶的数目。爬呀,数呀,数呀,爬呀,以为已经很高了。但是抬眼一看,更高、更陡、更多的台阶还在前面哩。想当年登泰山的时候,那里还有一个"快活三里"。这里却连一个快活三步都没有。但是,既来之,则安之,爬就是一切。

我到黄山来,当然并不是专为来走路的。我还是要看一看的。但是,在黄山,想看也并不容易。有经验的人说:"走路不看山,看山不走路。"这确实是至理名言。这有点像鱼与熊掌的关系,不可得而兼之。谁要想"兼之",那就有失足坠下万丈深涧的危险。我只在爬到了一定的阶段时,才停下脚步,小心地抬头向身后和左右看上一看,但见峭壁千仞,高岭入云,幽篁参天,苍松夹道,鸟鸣相和,蝉声四起。而且每看一次,眼前的情景都不一样,扑朔迷离,变幻万端。就连同一个地方,从不同的角度去看,都能看出不同的形象。从慈光阁看朱砂峰,看到天都峰上的金鸡叫天门。但是登上龙蟠坡,再抬头一看,金鸡叫天门就变成了五老上天都。在什么地方才能看到黄山真面目呢?我想,在什么地方也是看不到的。我很想改一改苏东坡的诗:"横看成岭侧成峰,远近高低各不同。不识黄山真面目,即使身在此山中。"

我有时候也有新的发现,我简直觉得其中闪现着"天才的火花",解人难得,我只有自己拍手(这里没有案)叫绝。比如,我看远山上的竹石树木,最初只觉得一片蓊郁。但细看却又有明暗之别。有的浓绿,有的淡绿。经过我再三研究揣摩,我才发现,明的是竹,暗的是松,所谓"苍松翠竹",大概指的就是这个意思吧。我又想改陆游的两句诗:"山穷水复疑无路,松暗竹明又一山。"

一想到陆游,我又想到了徐霞客。我们且看看他登上慈光寺以后是怎样看黄山的:

> 由此而入,绝巘危崖,尽皆怪松悬结;高者不盈丈,低仅数寸,平顶短鬣,盘根虬干,愈短愈老,愈小愈奇。不意奇山中又有此奇品也。

他看到了奇山,又看到了奇松。他看到的山同我们今天看到的几乎完全一样,这毫无可怪之处。但是他看到的松,有多少是我们今天还能看到的呢?"愈短愈老,愈小愈奇",难道在这几百年的漫长时间内,它们就一点也没有长吗?就是起徐霞客于地下,我这样的问题恐怕也无法回答了。

我就是这样一边爬,一边看,一边改着古人的诗,一边想到徐霞客,手、脚、眼、耳、心,无不在紧张地活动着,好不容易才爬到了天都峰脚下。这是一个关键的地方,向右一拐,走不多远,就可以登上台阶,向着天都峰爬上去。天都峰是黄山的主峰。不到天都非好汉,何况那天险鲫鱼背我已经久仰大名,现在站在天都峰下,一抬头就可以看到,上面有蚂蚁似的人影在晃动,真是有说不出的诱惑力啊!但是一看到那一条直上直下的登山盘道,像一根白而粗的线绳一样悬在那里,要爬上去,还真需要有一把子力气呢。我知道,倘若给我半天的时间,登上去也是没问题的。可惜现在早已经过了中午,到我们今天的住宿的地方玉屏楼还有一段路要走。我再三斟酌,只好丢掉登天都峰的念头,这好汉看来当不成了。我一步三回头地向左一拐,拾级而上,一直爬到了一线天的门口。这时我们坐了下来,背对一线天口,脸朝前望,可以看到近在咫尺的蓬莱三岛。所谓蓬莱三岛只是三个石笋似的小山峰,上面长着几棵松树。下面是一片深不见底的山谷。据说,白云弥漫时,衬着下面的云海,它们确确实实像蓬莱三岛。但现在却是赤日当空,万里无云,我只能用想象力来弥补天公的不作美了。

一线天真正是名副其实。在两个峭壁中,只有一条缝隙,仅容人体,抬眼一看,只见高处露出一线光明,上面是蓝蓝的天,这一团光明就召唤着我们,奋勇前进。我们也就真地一个个精神抖擞,鼓足了余勇,爬了上去。低头从我们两条腿中间向后看去,还可以看到悬挂在天都峰上的那一条白练似的磴道。

过了一线天,再向右一拐就走上了玉屏楼,这里是从温泉到北海去的必由之路。一般人都是在这里过夜的。徐霞客时代,这里叫玉屏风。他在《游记》里写道:"四顾奇峰错列,众壑纵横,真黄山绝胜处。"可见徐霞客对此处评价之高。原来这里有一座庙,叫作文殊院。古人曾说过:"不到文殊院,没见黄山面。"这同徐霞客的意见是一致的。

  这里有什么特点呢?这里是万山丛中一块比较平坦的地方,好像天造地设,就是一个理想的中途休息的地方。一转过山角,就能看到峭壁上长着一棵松树。提起此松,真是大大地有名。全中国人民和全世界人民大概都经常能看到它的形象。挂在人民大会堂里的那一幅叫作"迎客松"的照片,就是它。这棵松树的大名就叫作"迎客松"。许多来访的外国领导人,以及名人、学者会见中国领导人时,就在那个照片下面照相。你看它伸出双臂,其实是不知道多少臂,仿佛想同来游的人握手、拥抱,它那青翠的枝头仿佛能说出欢迎的语言,它仿佛就是黄山好客的象征,不,它实际上成了中国人民好客的象征。你若问它的高寿,那就很难说。它干并不粗,也不特别高,看样子它至多也不过几十年至百年,然而据人说,它挺立在这里已经有一千多年的历史了。这里山高风劲,夏有酷暑,冬有寒冰,然而它却至今巍然屹立,俊秀挺拔,苍翠欲滴,枝头笼烟,仿佛正当妙龄青春。我在这里祝它长寿!

  至于玉屏楼本身,可看的东西并不多。只是因为此地处万山之中,抬眼四顾,前有大谷深壑,下临无地,上面有参天云峰,耸然并立。同前一段的地无三尺平的情况比较起来,当然显得空阔辽廓，快人心目。当白云弥漫时，云海苍茫，必然另有一番景色。可惜我们没有这个福气，只看到了一片干涸了的大海。在玉屏楼的右边，就是那一棵在名声上稍逊一筹的送客松。它也像迎客松一样，伸出了它那许多胳臂，好像向游客告别，祝他们身强体健，过一些时候再来黄山。我也祝它长寿！

　　我们就是在住宿一夜之后，怀着还要再回来的心情走过这一棵松树向黄山深处前进的。一走过送客松，山路就好像一反昨天上山时的规律，陡然下降，下降，下降，再下降，一直降到涧底。这一段路走起来非常舒服，似乎还要超过泰山的"快活三里"。我们虽低头走路，仍可以抬头望山。走过望客松，蒲团松，右边可以看到指路石，回头则见牛鼻峰上的犀牛望月。下到深涧涧底以后，一泓清泉，就在道旁，清澈见底，冷冽可饮。拿做文章来比，我们走这一段山路，好像是在作"承"的那一段，"起"得突兀，"承"得和缓，我们过了一段舒服的时光。

　　但是，再拿做文章来比，"承"过以后，就来了"转"，这一"转"，可真不得了。到了涧底，抬眼一看，前面是八百级的莲花沟。这八百级仿佛是直上直下，令人看了真有点发怵。实际上，往上攀登的时候，比在下面仰望时更令人感到可怕。我们面前好像只有这一条窄窄的石阶，只能向上，不能回转，"马行在夹道内，难以回马"，不管流多少汗，喘多少气，到此也只有奋勇攀登，再没有回旋的余地了。

　　皇天不负有心人。爬上了八百石阶，一转就到了莲花峰脚下。这一座莲花峰也是黄山主峰之一。从它的脚下上山好像比从天都峰脚下攀登天都峰要容易得多，只需往右一转，爬上几个台阶就可以达到峰顶。然而，正唯其觉得容易，也就失掉了吸引力。同时，我们今天的目标是到北海。我于是只在莲花峰下少坐片刻，抬头看到不远的峰顶上游人多如过江之鲫，然后左转走上前去。要说到黄山的险境，仿佛现在才算是开始。身右峭壁凌空，左边却是悬崖无地。山路是整修过的，在最危险的地方加了石头栏杆或铁链。但栏外就是危险境地，好像泰山上的阴阳界一样。走在这样的地方，连昨天奉行的"看山不走路，走路不看山"的箴言都无法奉行，无已，只有一心一意埋头苦走而已。这里就是鼎鼎大名的万丈云梯。真可以说是名不虚传。但是，大自然最憎恨的是单调，它决不会让百步云梯成为千步云梯、万步云梯。过了百步云梯，又是一段比较平直的山路。此时我仿佛已经过了险关，大有闲情逸致，观赏山景。蓦抬头，在远处的山崖上，忽然看到"万绿丛中一点红"。此时正是盛夏，早过了春暖花开的时节，这一点红是哪里来的呢？我无法攀上悬崖去看，无从探索与研究。我只有沉入幻想中，幻想暮春四五月间，黄山漫山遍野开满了杜鹃花的情况。我眼前的黄山一下子变了样，"日出山花红胜火"，红色的火焰仿佛燃遍了全山，直凌太空，形成了一幅红透宇宙的奇景。

就这样，一路幻想下去。平路走尽，又上山路，穿过鳌鱼洞，就到了天海。这一段路更平了，仿佛已经离开黄山，到了平地上。一路树木蓊郁，翠竹夹道，两旁蝉声啼不住，轻身已到北海边。

北海真是个好地方。人们已经看过了天都峰和莲花峰,奇景险境,久已身履,大概总会觉得黄山胜境已经探过,到了北海已经成为尾声了。

然而实则不然。

我先讲一个口头传说。距北海不远有一个山峰,叫作始信峰。什么叫始信峰呢?这里熟于掌故的人说,就是"开始相信",意思就是,到了这里才开始相信黄山之美。不管这个解释是否正确,是否就是原意,我确确实实是相信的。我到了北海以后,才知道,北海决不是黄山之游的尾声,而是高峰,是顶端。上文曾引过一句古语:"不到文殊院,没见黄山面。"我想改一改:"走不到北海,黄山没有来。"再拿写文章作比,如果过了玉屏楼算是"转",那么,到了北海就算是"合"。一篇精巧的文章写到这里,才算是达到精妙的顶点,黄山乃山中之奇山,北海是众奇并备,万巧同臻。游黄山到此,真可以说是叹观止矣。

然而究竟"合"出一些什么东西来呢?

三言两语是说不完的。以北海为中心,三五华里的半径内,景色万千,名目繁多。大则崇山峻岭,小至一石一树,无不奇绝人寰。从宾馆右转,走不多远,在深山绝谷的边缘上,出现了散花精舍,前面不远就是梦笔生花,笔架峰,骆驼石,上升峰和老翁钓鱼,再往前走就是始信峰。登上始信峰顶,下临无地,隔着深涧远处可见仙女峰、石笋矼,石笋壁立千仞,真仿佛天上有一个顶天立地的金刚巨无霸从上面把石笋矼栽在那里,成为宇宙奇观。我们只是从远处看石笋矼的,徐霞客是亲身到过。他在《游记》里写道:"趋石笋矼,至向年所登尖峰上,倚松而坐,瞰坞中峰石回攒,藻绘满眼,如觉匡庐、石门,或具一体,或缺一面,不若此之闳博富丽也。"

"闳博富丽"当然还不仅限于石笋矼。北海附近这一些名胜,无不"闳博富丽""藻绘满眼"。比如清凉台、曙光亭,都各有奇妙之处。出宾馆左折西行,可以到西海。沿路青松参天,翠竹匝地。有很多有名的奇景。走到尽头,同别的地方一样,眼前又是峭壁千仞,深涧万寻。从这里的排云亭上,可以看到丹霞峰、松林峰、石床峰,各个刺入青天,令人神往。据说这地方是看落照的好地方,可惜我们来的时候,不是黄昏,我们只有怅望西天,幻想一番日落西山、红霞满天的情景而已。

是不是北海就只"合"出了这样一些东西来呢?

也还不是的。黄山有所谓四大奇景:奇松、怪石、云海、温泉。温泉一进山就可以看到,上面已经说过,这里不再提了。其他三奇,除了云海以外,一进山也都陆续可以看到。从慈光阁开始,只要你注意,奇松、怪石,到处可见。简直是让你一步一吃惊,一步一感叹。到了北海算是达到了顶峰,所谓集大成者就是。

那么,人们也许要问,奇松奇在什么地方呢?这个问题问得好,我初次听说奇松时,心里也泛起过这个问题。我游遍了黄山,到了北海,要想答复这个问题,也还感到非常困难,简直可以说是回答不出。我常常想,世间一切松树无不是奇的,奇就奇在它同其他一切树都不一样。其他树木的枝子一般都是往上长的,但是松树的枝干却偏平行长着或者甚至往下长。其他树木从远处看上去都能给人一个轮廓,虽然茂密,但却杂乱;然而松树给人的轮廓却是挺拔、秀丽,如飞龙,如翔凤,秩序井然,线条分明。松柏是常常并称的。如果它们站在一起,人们从远处看,立刻就能够分清哪是松,哪是柏。总之一句话,我们脑中一切关于树的规律,松树无不违反。此之所谓奇也。

但是,黄山上的松树比其他地方更奇,是奇中之奇。你只要看一看黄山上有名字的名松,你就可以知道:蒲团松、连理松、扇子松、黑虎松、团结松、迎客松、送客松、飞虎松、双龙松、龙爪松、接引松,此外还不知道有多少松。连那些不知名的大松、小松、古松、新松,长在悬崖上的松,长在峭壁上的松,长在任何人都不能想象的地方的松,千姿百态,石破天惊,更是违反了一切树木生长的规律。别的地方的松树长上一千多年,恐怕早已老态龙钟了,在这里却偏偏俊秀如少女,枝干也并不很粗。在别的地方,松树只能生长在土中;在这里却偏偏生长在光溜溜的石头上。在别的地方,松树的根总是要埋在土里的;在这里却偏偏就把大根、小根、粗根、细根,一股脑地、毫不隐瞒地、赤裸裸地摆在石头上,让你看了以后,心里不禁替它担起忧来。黄山松奇就奇在这里。看松而看到黄山松,真可以说是达到顶峰了。

谈到怪石,也真是够怪的。那么这些石头怪又怪在何处呢?在别的名山胜地中,也有一些有名有姓的山峰,也有一些有名有姓的石头。但是在黄山,这种山峰和石头却多得出奇:虎头岩、郑公钓鱼台、莺谷石、碰头石、鲫鱼背、羊子过江、仙人飘海、仙桃石、蓬莱三岛、鹦哥石、飞鱼石、采莲船、孔雀戏莲花、象石、金龟望月、仙鼠跳天都、仙人下轿、仙人把洞门、姜太公钓鱼、犀牛望月、指路石、金龟探海、老僧入定、老僧观海、仙人绣花、鳌鱼吃螺蛳、容成朝轩辕、鳌背驮金鱼、仙人下棋、仙人背包、飞来钟、老翁钓鱼、梦笔生花、猪八戒吃西瓜、书箱峰、达摩面壁、仙人晒靴、老虎驮羊、天鹅孵蛋、关公挡曹、仙人铺路、太白醉酒、五老荡船、天狗望月、双猫捕鼠、苏武牧羊、老僧采药、仙人指路、喜鹊登梅、猴子捧桃,等等,等等。名目确实够繁多的了。名目之所以这样繁多,决定因素就是因为这里石头长得怪。如果不怪的话,就决不会有这样多的名目。你以为这些五花八门的名目已经把黄山的怪石都数尽了吗?不,还差得很远。如果你有时间,静坐在黄山的某一个地方,面对眼前的奇峰怪石,让自己的幻想展翅驰骋,你还可以想出一大批新鲜动人的名目。比如我们几个人在西海排云亭附近面对深涧对面的山,我看出了一座"国际饭店"。这个名字一提出,你就越看越像,像得不能再像了,我们都为这个天才的发现而狂欢。假我以时日,我们可以巧立名目,为黄山创立一大批新鲜、别致、不但神似而且形似的名目,再为黄山增添光彩。

在怪石中最怪的,当然要数飞来石。顾名思义,人们认为这块大石头是从天外飞来的。我们从玉屏楼到北海的路上,快到北海的时候,已经从远处看到了它。它是在一座小山峰的顶上,孑然耸立在那里。上粗下细,同山峰接触的地方只是一个点,在山风中好像是摇摇欲坠,让人不禁替它捏一把汗。后来我们从北海到西海,在回去的路上,爬了上去,一直爬到峰顶上,同黄山别的山头一样,小小的一个峰顶,下临万丈深涧。看到飞来石,我们都大吃一惊:原来同峰顶连接的地方有一条缝。这样一块巨石,上粗下细,又不固定在峰顶上,怎能巍然屹立在那里,而且还不知已经屹立了多少年呢?在这漫长的时间内,谁知道它已经经历了多少狂风暴雨,山崩地震呢?而它到今天仍然是岿然不动,简直违反了物理的定律。我们没有别的话可说,只能说它是奇中之奇了。

至于黄山的云海,更是我闻所未闻,见所未见。一座大山竟然有北海、西海、天海、前海、后海,这样许多海,初听时难道不真是让人不解吗?原来这些海都是云海。我从小读王维的诗:"行到水穷处,坐看云起时。"觉得这个境界真是奇妙,心向往之久矣。可是活了六十多岁,也从来没能看到云起究竟是什么样子。一天,我们正在北海的一个山头上,猛回头,看到隔山的深涧忽然冒起白色的浓烟。我直觉地认为这是炊烟。但是继而一想,炊烟哪能有这样的势头呢?我才恍然:这就是云起。升起来的云彩,初时还成丝成缕,慢慢地转成一片一团,颜色由淡白转浓,最初群山的影子还隐约可见,转瞬就成了一片云海,所有的山影都被遮住,云气翻滚,宛若海涛。然而又一转瞬,被隐藏起来的山峰的影子又逐渐清晰,终于又由浓转淡,直到山峰露出了真面目,云气全消,依然青山滴翠,红日皓皓。所有这一切都发生在几分钟内。这算不算是云海呢?旁边有人说:"还不能算是真正的云海。那要大雨之后。"我只好相信他的话。但是,"慰情聊胜无",不是比没有看到这种近似云海的景象要好得多吗?

除了上面谈的四大奇景之外,我还有一点意外的收获,那就是我在黄山看了日出。日出并没有列入黄山四奇之内,但仍然可以说是一奇。北海的曙光亭,顾名思义,就是看日出的最好的地方。几十年前,当我还年轻的时候,我曾登泰山看日出,在薄暗中,鹄候在玉皇顶上,结果除了看到一团红红的云彩之外,什么也没有看到。我只有暗自背诵姚鼐的《登泰山记》,聊以自慰:

  及既上,苍山负雪,明烛天南,望晚日照城郭,汶水、徂徕如画,而半山居雾若带然。戊申晦五鼓,与子颍坐日观亭待日出。时大风扬积雪击面。亭东自足下皆云漫。稍见云中白若樗蒱数十立者,山也。极天云一线异色,须臾成五彩,日上,正赤如丹,下有红光,动摇承之。或曰:此东海也。

当下即是生活

这一次来到黄山北海,早晨天还没有亮,就有人跑着、吵着去看日出。我一骨碌爬起来,在凌晨的薄暗中摸索着爬上曙光亭,那里已经是黑压压的一团人。我挤在后面,同大家一样向着东方翘首仰望。天是晴的,但在东方的日出处,却有一线烟云。最初只显得比别处稍亮一点而已。须臾,彩云渐红,朝日露出了月牙似的一点;一转眼间,它就涌了出来,顶端是深紫色,中间一段深红,下端一大段深黄。然而立刻就霞光万道,白云为霞光所照,成了金色,宛如万朵金莲飘悬空中。

就这样,黄山的三奇,奇松、怪石、云海,还加上一个奇:日出,我在黄山,特别是在北海,都领略过了。再拿做文章来打个比方,起、承、转、合,这几大股都已作完,文章应该结束了。

然而不然,从我的感情和印象说起来,合还没有合完,文章也就不能结束。从我的激情来看,这仿佛刚才达到高潮,文章更不能就此结束了。我们原来并不想在北海住这样久。但是越住越想住,越住越不想走。三天之内,我们天天出去,天天有新的发现,大有流连忘返之意。我们最后怀着惜别的心情,离开了北海的时候,我的内心如潮涌,如云起,一步三回头。我们绕过黑虎松走上后山的道路,向着云谷寺的方向走去。一路之上,流水潺潺,山风习习,蝉声相送,鸟鸣应和,苍松翠竹,映带左右。我们又像走到山阴道上,应接不暇了。但是我们走到幽篁中,闻鸟声却不见鸟,我们笑着开玩笑说,这是留客鸟,它们也惋惜我们即将离去,大有依依不舍之意呢。

此时周围清幽阒静,好像宇宙间只有我们几个人似的。但是我的内心里却又像来黄山的路上那样如波涛汹涌,遐想联翩,我想到过去游览过国内外的名山大川。我一时想到泰山,一时又想到石林。这都是天下奇秀,有口皆碑。但是我觉得,同黄山比起来,泰山有其雄伟,而无其秀丽;石林有其幽峭,而无其雄健。黄山是大则气势磅礴,神笼宇宙,小则剔透玲珑,耐人寻味。如果拿美学名词来比附的话,我们就可以说,黄山既有阳刚之美,又有阴柔之美。可谓刚柔兼,二难并,求诸天下名山,可谓超超玄箸了。

我一下子又想到中国的山水画。远山一般都只用淡墨渲染,近山则用各种的皴法。对远山的那种处理,只要在有山的地方,看到过远山的人,都会同意的,都会知道,那实际上是把自然景物,再加上点画家个人的幻想与创造,搬到了纸上来的。这不同于自然主义。这是形似而又神似。但是对近山的那些不同的皴法,则生长在北方高山不多的地方的人,有时就不大容易理解,认为这不过是画家的传统手法,没有多大意思的。特别是对大涤子这样的画家,更不容易理解。今天我到了黄山,据说大涤子在这里住过,积年疑团,顿时冰释。我站在任何一个悬崖峭壁的下面,抬头仰望,注意凝视,观之既久,俨然是一幅大涤子的山水画出现在自己的眼前,我也俨然成了画中人了。但见这一幅画,笔墨恣纵,元气淋漓,皴法新颖,巨细无遗。倘若我们请天上匠作大神,来到人间,盖上一座万丈高的大厦,把这一幅大画挂在里面,不知会产生什么效果,恐怕观赏的人都会目瞪口呆、惊愕万状吧！此时，只在此时，我才真正理解中国古代山水画家，其中也包括像大涤子这样有天才、有独创性，能独辟蹊径，开一代风气的画家，都是在仔细观察自然山色，简练揣摩，融会贯通之后，然后才下笔的。他们决不是专门抄袭古人，拾古人牙慧的。

我一下子又想到，天下名山多矣，中外皆然。但是像黄山这样的名山，却真如凤毛麟角。为什么中国竟会有黄山这样的山呢？这个问题似乎非常幼稚，实际上却是发自我内心深处的一个问题。我并不觉得它有什么幼稚、可笑。古人会说，这是灵气所钟。什么又是灵气呢？灵气这东西摸不着，看不到，实在是玄妙得很。但是依我看，它又确实是存在着的。我们一到黄山，第一天晚上，坐在宾馆外深涧岸边，细听涧中水声，无意中捉到了一个萤火虫，发现它比别的地方的都大而肥壮。后来我们又发现这里的知了也比别的地方的大而肥壮，就连苍蝇也和别的地方不同，大得、壮得惊人，而在海拔近两千尺的天都峰顶，天风猎猎，人站在那里都摇摇欲坠，然而却能见到苍蝇，而且都有点气魄，飞驶迅速，呼啸而过。这实在使我吃惊不小。不用灵气所钟，又怎样解释呢？世界各国都有它们灵气所钟的地方，对于这些地方，只要我能走到、看到，我都喜爱、欣赏，一视同仁，决不会有任何偏心。但是，有黄山这样灵气所钟的地方，我作为一个中国人感到无比地骄傲与幸福。我因此更热爱我们这一块土地，我更热爱我们这一个国家。我们也并不想把黄山秘而不宣，独自享受。"但愿人长久，千里共婵娟。"我也但愿世界永存,黄山永在,永远以它那无比美妙的山色,为我们提供无比美妙的怡悦。

  我一下子又想到,古人说,人生要读万卷书,行万里路。又说太史公马迁周览名山大川,故其文疏宕有奇气。还有人说,唐代大书法家张旭观公孙大娘舞剑器,因而书法大进。我现在游览了黄山,将来会产生什么样的影响呢?我一非文豪,二非书法家,这影响究竟要产生在什么地方呢?不管怎样,影响终归会有的,我且拭目以待。

  我就是这样一边走,一边想,一边还欣赏四周奇丽景色,不知不觉地就回到了温泉。等到我从北海返回温泉的时候,我仿佛成了一个阿丽丝,我漫游了一个奇而又奇的奇境。过去一周的游踪,历历呈现在我心中。我的黄山梦于今实现了。但我并不满足于实现了梦境,而是梦得更加厉害起来。我仿佛还并没有到过真正的黄山,不,黄山对我来说,比原来还要陌生,还要奇妙,我直觉地感到,真正的黄山我还没有看到。我从北海归来,只看了黄山的皮毛。黄山的名胜真如五光十色,扑朔迷离,在那"万壑树参天,千山响杜鹃"中似乎还隐藏着什么秘密,有待于我,有待于其他人去发现,去欣赏,去惊叹。古时候有一首关于黄山的诗:

    踏遍峨嵋与九嶷,
    无兹殊胜幻迷离。
    任他五岳归来客,

当下即是生活

一见天都也叫奇。

我还没有历游五岳,也还没有到过峨嵋与九嶷。我对黄山、对天都叫奇,完全是很自然的。我相信,即使我有朝一日真的遍游五岳,登峨嵋,探九嶷,我再到黄山来,仍然会叫奇不绝的。

我来的时候,心里带来了一个假的黄山图,它一遇到真黄山就破碎消失了。我现在离开的时候,带走了一幅真正的黄山图,虽然我还不能相信,这一幅图就是黄山的真相。但是这幅黄山图将永远留在我的心中。经过了一段时间酝酿思忖,我现在写出了我心目中的黄山。但写的过程中,我时时怀疑我这一支拙笔会玷污了黄山。古人诗说:"美人意态画不出,当时枉杀毛延寿。"我现在真觉得,"黄山意态写不出,枉费不眠数夜间"。《世说新语》任诞第三十三说:

桓子野每闻清歌,辄唤:"奈何!"谢公闻之曰:"子野可谓一往有深情。"

这里指的是,桓子野每闻清歌,辄情动乎中。我现在面对着黄山,心中有一美妙的黄山,笔下的黄山却并不那么美妙,我也只能学一学桓子野,徒唤奈何。

1979年12月9日写毕

富春江上

记得在什么诗话上读到过两句诗：

> 到江吴地尽
> 隔岸越山多

诗话的作者认为是警句，我也认为是警句。但是当时我却只能欣赏诗句的意境，而没有丝毫感性认识。不意我今天竟亲身来到了钱塘江畔富春江上。极目一望，江水平阔，浩渺如海；隔岸青螺数点，微痕一抹，出没于烟雨迷蒙中。"隔岸越山多"的意境我终于亲临目睹了。

钱塘、富春都是具有诱惑力的名字。实际的情况比名字更有诱惑力。我们坐在一艘游艇上。江水青碧，水声淙淙。艇上偶见白鸥飞过，远处则是点点风帆。黑色的小燕子在起伏翻腾的碎波上贴水面飞行，似乎是在努力寻觅着什么。我虽努力探究，但也只见它们忙忙碌碌，匆匆促促，最终也探究不出，它们究竟在寻觅什么。岸上则是点点的越山，飞也似地向艇后奔。一点消逝了，又出现了新的一点，数十里连绵不断。难道诗句中的"多"字表现的就是这个意境吗？

眼中看到的虽然是当前的景色，但心中想到的却是历史的人物。谁到了这个吴越分界的地方不会立刻就想到古代的吴王夫差和越王勾践的冲突呢？当年他们钩心斗角互相角逐的情景，今天我们已经无从想象了。但是乱箭齐发、金鼓轰鸣的搏斗总归是有的。这种鏖兵的情况无论如何同这样的青山绿水也不能协调起来。人世变幻，今古皆然。在人类前进的程途上，这些都是不可避免的。但青山绿水却将永在。我们今天大可不必庸人自扰，为古人担忧，还是欣赏眼前的美景吧！

但是，我的幻想却不肯停止下来。我心头的幻想，一下子又变成了眼前的幻象。我的耳边响起了诗僧苏曼殊的两句诗：

春雨楼头尺八箫
何时归看浙江潮

这里不正是浙江钱塘潮的老家吗？我平生还没有看到浙江潮的福气。这两句诗我却是喜欢的，常常在无意中独自吟咏。今天来到钱塘江上，这两句诗仿佛是自己来到了我的耳边。耳边诗句一响，眼前潮水就涌了起来：

怒声汹汹势悠悠
罗刹江边地欲浮
漫道往来存大信
也知反覆向平流

> 狂抛巨浸疑无底
> 猛过西陵似有头
> 至竟朝昏谁主掌
> 好骑赪鲤问阳侯

但是，幻象毕竟只是幻象。一转瞬间，"怒声汹汹"的江涛就消逝得无影无踪，眼前江水平阔，浩渺如海，隔岸青螺数点，微痕一抹，出没于烟雨迷蒙中。

可是竟完全出我意料：在平阔的水面上，在点点青螺上，竟又出现了一个人的影子。它飘浮飞驶，"翩若惊鸿，宛如游龙"，时隐时现，若即若离，追逐着海鸥的翅膀，跟随着小燕子的身影，停留在风帆顶上，飘动在波光潋滟中。我真是又惊又喜。"胡为乎来哉？"难道因为这里是你的家乡才出来欢迎我吗？我想抓住它；这当然是不可能的。我想正眼仔细看它一看；这也是不可能的。但它又不肯离开我，我又不能不看它。这真使我又是兴奋，又是沮丧；又是希望它飞近一点，又是希望它离远一点。我在徒唤奈何中看到它飘浮飞动，定睛敛神，只看到青螺数点，微痕一抹，出没于烟雨迷蒙中。

我们就这样到了富阳。这是我们今天艇游的终点。我们舍舟登陆，爬上了有名的鹳山。山虽不高，但形势极好。山上层楼叠阁，曲径通幽，花木扶疏，窗明几净。我们登上了春江第一楼，凭窗远望，富春江景色尽收眼底。因为高，点点风帆显得更小了，而水上的小燕子则小得无影无踪。想它们必然是仍然忙忙碌碌地在那里飞着,可惜我们一点也看不着,只能在这里想象了。山顶上树木参天,森然苍蔚。最使我吃惊的是参天的玉兰花树。碗大的白花在绿叶丛中探出头来,同北地的玉兰花一比,小大悬殊,颇使我这个北方人有点目瞪口呆了。

在山边上一座石壁下是名闻天下的严子陵钓台。宋朝大诗人苏东坡写的四个大字:登云钩月,赫然镌刻在石壁上。此地距江面相当远,钓鱼无论如何是钓不着的。遥想两千多年前,一个披着蓑衣的老头子,手持几十丈长的钓竿,垂着几十丈长的钓丝,孤零一个人,蹲在这石壁下,等候鱼儿上钩,一动也不动,宛如一个木雕泥塑。这样一幅景象,无论如何也难免有滑稽之感。古人说:姑妄言之姑听之,过分认真,反会大煞风景。难道宋朝的苏东坡就真正相信吗?此地自然风光,天下独绝,有此一个传说,更会增加自然风光的妩媚,我们就姑妄听之吧!

两年前,我曾畅游黄山。那里景色之奇丽瑰伟,使我大为惊叹。窃念大化造物,天造地设,独垂青于中华大地。我觉得生为一个中国人,是十分幸福的,是非常值得骄傲的。今天我又来到了富春江上。这里景色明丽,秀色天成,同样是美,但却与黄山形成了鲜明地对照。如果允许我借用一个现成的说法的话,那么一个是阳刚之美,一个是阴柔之美。刚柔不同,其美则一,同样使我惊叹。我们祖国大地,江山如此多娇,我的幸福之感,骄傲之感,更油然而生。我眼前的富春江在我眼中更增加了明丽,更增加了妩媚,仿佛是一条天上的神江了。

在这里，我忽然想到唐代诗人孟浩然的一首著名的诗《宿桐庐江寄广陵旧游》：

> 山暝听猿愁
> 沧江急夜流
> 风鸣两岸叶
> 月照一孤舟
> 建德非吾土
> 维扬忆旧游
> 还将两行泪
> 遥寄海西头

孟浩然说"建德非吾土"，在当时的情况下，这种心情是容易理解的。他忆念广陵，便觉得建德非吾土。到了今天，我们当然不会再有这样的感觉了。我觉得桐庐不但是"吾土"，而且是"吾土"中的精华。同黄山一样，有这样的"吾土"就是幸福的根源。非吾土的感觉我是有过的。但那是在国外，比如说瑞士，那里的山水也是十分神奇动人的，我曾为之颠倒过，迷惑过。但一想到"山川信美非吾土"，我就不禁有落寞之感。今天在富春江上，我丝毫也不会有什么落寞之感。正相反，我是越看越爱看，越爱看便越觉得幸福，在这风物如画的江上，我大有手舞足蹈之意了。

我当然也还感到有点美中不足。我从小就背诵梁代大文学家吴均的一篇名作《与宋元思书》。这封信里描绘的正是富春江的风景：

> 风烟俱净，天山共色。从流飘荡，任意东西。自富阳至桐庐，一百许里，奇山异水，天下独绝。

下面就是对这"奇山异水"的描绘。那确是非常动人的。然而他讲的是"自富阳至桐庐"，我今天刚刚到了富阳，便戛然而止。好像是一篇绝妙的文章，只读了一个开头。这难道不是天大的憾事吗？然而，这一件憾事也自有它的绝妙之处，妙在含蓄。我知道前面还有更奇丽的景色，偏偏今天就不让你看到。我望眼欲穿，向着桐庐的方向望去，根据吴均的描绘，再加上我自己的幻想，把那一百多里的奇山异水给自己描绘得如阆苑仙境，自己感到无比地快乐，我的心好像就在这些奇山异水上飞驰。等到我耳边听到有点嘈杂声，是同伴们准备回去的时候了。我抬眼四望，唯见青螺数点，微痕一抹，出没于烟雨迷蒙中。

1981年12月9日

观秦兵马俑

好像从地下涌出来一样,千军万马的兵马俑一个个英姿勃发地突然站立在大地上。说是千军万马,决不是夸大之词。仅就已知的俑的数目来看,足够编成一个现代化的师。有待于发现的还没有计算在内。

你说这是一个奇迹吗?我同意。这几乎是全世界到中国来参观兵马俑的外国朋友的一致的意见,他们中间有的人甚至说,秦兵马俑这一个奇迹超过了举世闻名的万里长城。但是,同时我也可以不同意。我们伟大的祖国是文明古国。在现在的九百多万平方公里的土地上,十亿人口正在从事于万马奔腾的社会主义现代化的伟大建设工作。这是地面上的奇迹,是明明白白地摆在光天化日之下的,是人们都能够看到的。但是在地下呢?谁也说不清楚,究竟还有多少像秦兵马俑这样的奇迹暂时还埋藏在那里。就连邻近兵马俑的地带,地下情况我们也还不很清楚,何况是这样辽阔的大地呢?

在兵马俑没有涌出来以前,想来地面上也不过是一片青青的庄稼,或者一片荒烟蔓草。这一块土地,同另外任何一块土地完全是一模一样的。两千多年以来,不知道有多少人脚踩过这一块土地,也许在上面种过庄稼,种过菜,栽过树,养过花;也许在上面盖过房子,修过花园。谁也不会想到,就在自己的脚下,竟埋藏着这样多这样神奇的国宝。中国古人有一句现成的话说:"地不爱宝。"现在也许是大地忽然不再爱这些宝贝了。于是兵马俑这样的国宝就一下子涌到地面上来。

今天我们不远千里来到这里,无非是想看一看这些国宝,这些奇迹。一路之上,从西安城一直到这里,看到的当然都是地面上的东西。车过秦始皇陵,看到一个高高的土丘,上面郁郁葱葱,长满了石榴树。因为天气不好,骊山只剩下一片影子,黑魆魆地扑人眉宇。田地里长满了青青的蔬菜,间或也能看到麦苗。麦苗长得还很矮小,但却青翠茁壮。在骊山的阴影压迫之下,这麦苗显得更加青翠,逗人喜爱。

但是在西安引人注意的却不是这些青翠茁壮的麦苗。西安是一个最容易让人发思古之幽情的地方。只要一看到秦始皇陵和骊山,人们的思潮就会冲决这两个地方,向外扩散。我现在正是这样。我的心思仿佛长上了翅膀,连绵起伏,奔腾流泻。看到半坡,我自然就想到了蒙昧远古的祖先。接着想到的是我们汉族公认的始祖轩辕黄帝,他的陵墓距离西安不算太远。骊山当然让我想到周幽王和骊姬。始皇陵里埋着妇孺皆知的秦始皇。茂陵是汉武帝的陵墓。这一位雄才大略的大皇帝把自己的大将和大臣都埋葬在身边,霍去病和卫青的墓都在茂陵附近。这两个杰出的年轻的大将军在死后还在赤胆忠心地保卫着自己的主子。

至于唐代,那遗迹更是到处可见。很多地方都与中国文学史上一些非常显赫的诗人的名字联系在一起。抬头一看，低头一想，无一不让你想到唐代诗歌的黄金时代，想到一些脍炙人口的诗句。这里简直是诗歌的王国，是幻想的天堂，是天上彩虹的故乡，是人间真情的宝库。走过灞桥，我怎能会不想到当年折柳赠别的那一些名句和那种依依不舍的友情呢？看到蓝田这个地名，我自然就想到了王维的辋川别墅，想到那些意境幽远的短诗。终南山抬头就能够见到，一看到终南山：

终南阴岭秀

积雪浮云端

林表明霁色

城中增暮寒

吟咏这首诗的声音，就在我耳边响起。车子驰过城西北的那一些原，我不由自主地低吟：

五陵北原上

万古青蒙蒙

走过咸阳桥，杜甫的名句：

耶娘妻子走相送

尘埃不见咸阳桥

自然就在我耳边响起。我仿佛看到在滚滚的黄尘中唐代出征军人的身影,他们的父母妻子把臂牵袂,痛哭相送。一走过渭水,

> 秋风生渭水
> 落叶满长安

这样的诗句马上把我带到了长安的深秋中,身上感到一阵阵的凉意。一想到秋天,我马上就想到春天。

> 云里帝城双凤阙
> 雨中春树万人家

这样春雨中的情景立刻就把千树万树枝头滴着红雨的杏花带到我眼前来,我身上感到一阵阵的湿意。从帝城我联想到大明宫:

> 九天阊阖开宫殿
> 万国衣冠拜冕旒

我仿佛亲眼看到当年世界的首都长安的情景,大街上熙熙攘攘,挤满了人,在黄皮肤的人群中夹杂着不少皮肤或白或黑、衣着怪异、语言奇特的外国学者、商人、僧侣、外交官。

……

总之,在我乘车驶向秦俑馆的路上,我眼前幻影迷离,心头忆念零乱,耳旁响着吟诗声,嘴里念着美妙的诗句,纵横八百里,上下数千年,浮想联翩,心潮腾涌。我以前在任何时候任何地方都没有过这样复杂的感情,我是既愉快,又怅惘;既兴奋,又冷静,中间还搀杂上一点似乎是骄傲的意味。

就这样,转眼之间,我们已经到了秦兵马俑馆。

所谓兵马俑馆,是一个硕大无比的大厅,目测至少有几个足球场大。在进入大厅之前,我们先参观了大厅旁边的一间小厅,中间陈列着正在修复中的一辆铜车、四匹铜马。四匹铜马神采奕奕,仿佛正在努力拉着铜车奔驰。一个铜军官坐在车上,驾驭着这四匹马。看到这样精致绝伦的艺术国宝,我们每个人都不禁啧啧称叹:想不到宇宙间竟有这样神奇的珍品,我心中那一点骄傲的意味不由地更加浓烈起来了。

走进了大厅,站在栏杆旁边向下面的大坑里望去,看到一排排的坑道,坑道中,前排的兵俑和马俑都成排成行地站在那里。将军俑、铠甲武士俑、骑马俑等等,好像都聚精会神地站在那里,静候命令,一个个秩序井然,纪律严明,身体笔直,一动也不动。兵俑中间间杂着一些马俑,也都严肃整齐,伫立待命。我原以为,这些兵俑都是一个模子里塑制出来的,千篇一律,不会有什么变化。但是仔细一看才发现,他们的面部表情几乎每一个都不相同:有的像是在微笑,有的像是在说话,有的光着下颌,有的留着胡子,个个栩栩如生,而又神态各异，没有发现一个愁眉苦脸的。他们好像是都衷心喜悦地为大皇帝站岗放哨。他们的"物质待遇"好像是很不错，否则怎么能个个都心满意足呢？我简直难以想象，当年的艺术家是怎样塑制这些兵马俑的。数以万计的兵马俑竟都能这样精致生动，不叫它是宇宙间一大奇迹又叫它什么呢？

我的思潮又腾涌起来，眼前幻象浮动，心头波浪翻滚。蓦地一转眼，我仿佛看到坑里的兵俑和马俑一齐跳动起来。兵俑跑在前面，在将军俑的率领下，奋勇前进。马俑紧紧地跟在后面。有的兵俑骑上马俑，放松缰绳，任马驰骋。后排坑道里那些还没有被完全挖出来的兵俑和马俑，有的只露出了头，有的露出了半身，有的直着身子，有的歪着身子，也都在那里活动起来。在这里，地面高高低低，坎坷不平。它在我眼中忽然变成了海浪，汹涌澎湃，气象万千。兵俑和马俑正从海浪中挣扎出来。有脑袋的奋勇向前。连那些没有脑袋的也顺手抓起一个脑袋，安在脖子上，骑上马俑，向前奔去；想追上前面那些成行成排的俑，一齐飞出大厅。那四匹铜马拉着铜车四马当先，所向无前。连乾陵的那两匹带翅膀的飞马也从远处赶了来，参加到飞腾的队伍中去。他们一飞出大厅，看到今天祖国已经换了人间，都大为惊诧与兴奋。他们大声互相说着话："我们一睡就是几千年，今天醒来，看到河山大地花团锦簇，人民群众意气风发。我们虽然都有了一把子年纪，但是身子骨还很硬朗。我们休息了这样多年，正有用不完的劲。我们也一定要尽上一份力量，决不能后人。现在是大显身手的好时候了，干呀！干呀！"边说边飞，浩浩荡荡，飞向天空，飞向骊山：

  骊山高处入青云
  仙乐风飘处处闻

  现在我耳边响起的不是缓歌慢奏的仙乐，而是兵马杂沓，金鼓齐鸣，这些声音汇成了三界大乐，直干青云，跟随着兵俑和马俑，把我的心也夹在了中间，飞驰掠过八百里秦川。
  这八百里秦川可真是一块宝地啊！在若干千年中，我们的先民在这里胼手胝足，辛勤耕耘，才收拾出来了现在这样的锦绣河山。就拿西安这一个地方来说吧。在汉唐时期，以它那光辉灿烂的文化，吸引了成千上万的外国朋友，不远万里，来到这里，或学习，或贸易，或当外交官。西安俨然成了当时世界的中心。城中盛况，依稀可以想象。这一点我在上面已经谈到。今天，又发现了数目这样多、塑制又这样精美、能同世界奇迹长城媲美的兵马俑，锦上添花，又招引来了全国各地的人士和世界各国的朋友，云集此处，都瞪大了眼睛，惊叹不置。在我们来的路上，外国朋友乘坐的车子，络绎不绝。现在在秦俑馆内，外国朋友，男女老幼，穿着五光十色的衣服，说着稀奇古怪的语言，其数目远远超过国内人民。在这样的情况下，作为一个中国人，人们会想些什么呢？别人的心思我无法揣度，我说不出；但是我自己的心思我是清楚的。我在来的路上的那一点淡淡的骄矜之意、幸福之感，现在浓烈起来了。为生为一个中国人而感到骄矜与幸福,难道不是我们共同的感觉吗?

  我就是怀着这样的骄矜之意与幸福之感,依依不舍一步三回首地离开了秦俑馆的。此时天色已经渐渐地晚了下来。骊山山顶隐入一层薄薄的暮霭中。浩浩荡荡的兵俑和马俑的队伍大概已经飞越了骊山,只留下一片寂静,伴随着我驰过八百里秦川。

1982年10月29日草稿

1982年11月16日修改

1985年1月14日抄出

星光的海洋

星光，星光，星光……

到处都是星光。

是星光的瀚海，是星光的大洋；是星光的密林，是星光的丛莽；有红，有绿；有白，有黄；有大，有小；有弱，有强；有明，有暗；有高，有低；有远，有近；有疏，有密；有的成堆，有的成行；有的排成一线，有的组成一方；瞻之在前，忽焉在后；光辉灿烂，绵延数十里；汪洋浩瀚，好像充塞了天地。有时候，这星光的海洋似乎已经达到了黑暗的边缘；我满以为，在此之外，已是无边无际的大黑暗了。然而，只要一转瞬，再往上一看，依然是一片星光。

星光，星光，星光……

到处都是星光。

是夏夜的星空从天上落到地上来了吗？是哪一个神话世界里的神灯从虚无缥缈的高天上飘到人间来了吗？我有点迷惑，有点恍惚，有点好奇，有点糊涂。我注意探讨，仔细研究，猛然发现，这些都不是，都不是。这根本不是星光，而是绵延不断的灯光。

我抬头向上看，在这一片我原来误认为是星光的灯光上面,亮晶晶地一大片,大大小小的一群在那里眨着眼睛,那才是真正的星光。我低头向下看,看到星光和灯光在水面上的倒影,金光闪闪,像一条条的金蛇。原来就在我脚下,在我伫立的一个小小的山头的下面几十米深的黑暗处,从左边流来了嘉陵江,从右边流来了不尽长江滚滚来的长江。江声低咽,金波摇影。我现在不是在天上,而是在人间;不是在人间别的地方,而是在嘉陵江和长江汇流处的重庆。嘉陵江上通四川辽阔的地区,长江下达更辽阔的地区,一直通到大海。我正站在祖国的大地上,我眼前是重庆,是重庆的夜晚。眼前的一片星光是这座山城高高低低的山坡上的群灯。

在白天里,我曾在这一座山城里蜂房般的鳞次栉比的房屋的迷宫中漫游。我曾出出进进于大小商店之中,看点什么,买点什么。我也曾在大街上滚滚的人流中漫步,没有什么固定的目的,只是作为一个外地人,一个旁观者看看而已。我看玻璃窗里陈列的五光十色的商品;我看街旁菜摊上摆的有一些我叫不出名的蔬菜。我间或也能看到一些少数民族的妇女穿着花团锦簇颜色鲜艳的服装,头上和手上戴着的首饰闪闪发出银白色的光芒。我顾而乐之,忘记了时间的流逝。

最使我难忘的是我瞻仰的一些革命圣地,比如红岩、曾家岩、周公馆、桂园等等。特别是红岩,更给我留下了永不磨灭的印象。我怀着十分虔敬的心情在这个革命圣地里走上走下,在那些大大小小的房间里瞻望。我的步履很轻很轻,我几乎屏止住了呼吸。我一向景仰的那一些革命前辈仿佛还住在这里。

我不敢放肆,我怕打扰了他们的清神。在院子里,虽然现在时令已是冬天,但是那些五颜六色的菊花却傲然凌霜怒放,显示出与众不同的骨气。最引起我注意的是一丛开着红色花朵的我不知道名字的蔓藤,红得像火焰,像朝霞,耀眼惊心。就在这红色花朵的旁边矗立着一棵高大的黄桷树。在那黑云压城特务横行的日子里,在这棵大树的向外面的一侧是阴间。过了这棵树是红岩的主楼,就是阳间。因此,人民群众把这棵大树称做阴阳树。今天我来到了这棵树下,看到它枝干突兀腾跃,矫健挺拔,尖顶直刺灰蒙蒙的天空,好像把我的心情也带向高处。站在树下,我久久不想离去。今天我们全国人民都住在阳间,阴间已经消失得无影无踪了。我心头之兴奋可以想见了。也许是由于兴奋过度,我没有注意树上是否有灯。即使有的话,我也决不会把灯光误认为星光。

眼前白天已经转入暗夜,我登上了长江和嘉陵江汇流处的三角洲头。白天看到的那一些密密麻麻的大街、小巷、高楼、低舍,我都看不到了,都没入一片迷茫的黑暗中。我眼前看到的只有万家灯火,高高低低,前后左右,汇成了一片星光的海洋。

我当然不知道红岩、曾家岩、周公馆、桂园等等都在什么地方。我更不知道,那里现在是否都亮起了红灯。但是,我确信,在这一片灯光的海洋中,有几盏灯就是挂在那里的。红岩、曾家岩、周公馆、桂园,每一个窗口都会有闪亮的红灯让灯光流出,汇入这浩渺的灯光的海洋里。其中那最明亮、最高大的一盏一定是挂在阴阳树上。在它辉耀的光线的照耀下,我仿佛看到了大树下那些傲霜怒放的菊花,小红灯笼似的累累垂垂的花朵,衬托着碧绿的叶子,散发出无穷的活力。当年在这一座黑暗弥天的山城里,那些向往光明的人们,特别是青年们,一定是望眼欲穿地望着阴阳树上的这一盏明灯而欢欣鼓舞。这明灯给他们以信心,给他们以勇气,给他们以方向,给他们以安身立命之地。他们终于在灯光的照耀下,慢慢地冲出黑暗,奔向光明。我那时虽然不在重庆,但是,我确信,一定是有这样一盏灯的,而这灯又必然是异常明亮,异常光辉灿烂的。

今天,弥天的黑暗已经永远消失了,光明降临到大地上。我来到了重庆,缅怀往事,心潮腾涌。我很后悔,为什么当年竟没能够来到这里,看一看红岩、曾家岩、周公馆和桂园等地,献上我的一瓣心香?现在,我站在两江汇流处的三角洲山头上,面对山城的万家灯火,五十年的往事一下子逗上心头。回首前尘,唯余感慨;瞻望未来,意气风发。我完完全全沉浸在幻想之中。一转瞬间,眼前的万家灯火又突然变成了星光。这星光把我带到天上去,带到那片能抒发畅想曲的碧落中去。

星光,星光,星光……

到处都是星光。

1981年草稿

1984年12月13日修改于深圳

1985年1月15日抄于燕园

海上世界

眼前是一片弥漫天际的黑暗,只是在这里、那里有大小不同的灯火,一点点,一束束,一簇簇,在黑暗中闪着光。有的灯火还拖着一条长长的尾巴,在水面上摇曳,动荡。在眼睛能看到的最远的地方,黑暗更加浓缩起来。可是在浓缩的黑暗的边缘下面,却有一串长达几十里的灯光组成的珍珠项链,颗颗珍珠,熠熠发光,从左到右,伸展出去,仿佛无头无尾。

我是在什么地方呢?是天上?是人间?是海上?是陆地?我不知道,我说不出,我也没有去细想。

难道我是在印度的孟买吗?七八年以前,我曾在这个城市里待过几天。我曾有几次在夜间乘车出游,沿着孟买海湾弧形的岸边兜风。我看到了举世闻名的、孟买人引以自傲的"公主项链",是一长串电灯,沿着海岸,形成弧形,远远望去,光芒四射,真仿佛是有什么神灵从九天之上把这样一串硕大无比的珍珠项链丢到这个大地上,丢到了孟买,形成了这样一个宇宙奇观。

孟买是世界名城,一方面有近代大都市的一些特点,颇有点像中国的上海;另一方面又保留了印度的一些古旧风习。在摩天高楼之间,在一棵什么古树的下面,往往站着一座神像,赤身露体，呲牙咧嘴，红色的鲜血似的东西洒满了他（她）的全身，脖子上也不缺少鲜花制成的花环。我们异乡人看了只能瞠目结舌。在有名的印度门旁边，在车水马龙的大马路边上，成群的鸽子在喧闹、嬉戏、搏斗、争食，小孩子迈着还走不全的步子把玉米粒递到小鸽子嘴里。我们异乡人顾而乐之……

我完全沉浸在对孟买的回忆中。猛一转念，我清醒过来了：我眼前不是在印度的孟买，而是在祖国的大地上，是在南天的深圳。我正凭栏站在一艘几万吨级的巨轮的甲板上。下面在很深的地方，是黝黑的海水。偶尔流过来一线灯光，还隐约可以看到流动着的海水的波纹。这情景明白无误地告诉我，我确实是站在一艘船上。

提起此船，大大地有名。据说它原来是法国已故总统戴高乐的豪华游轮。不知道怎么一来，转到我们中国人民手中。它曾作为中日友好之船，飘洋过海，到过日本，为加强中日人民的友谊做出过贡献。又不知道怎么一来，它现在被固定在蛇口的岸边，成了一个豪华的旅馆，不再飘动，岿然立定。船上数不清有多少房间。我没有到过阿房宫；我相信，那一座宫殿也决不会同这个"海上世界"相同。但是，当我第一次游览这个庞然大物的时候，我时时想到唐杜牧的《阿房宫赋》，"蜂房水涡，矗不知其几千万落"、"高低冥迷，不知西东。歌台暖响，春光融融"等等的句子，难道不能移来描绘这个千门万户的豪华巨轮吗？这里还有一些东西是阿房宫里决不会有的，比如说船上游泳池养着的那两只巨大的海龟，就是非常有趣的东西，我每次看到它们在水里游动,辄涉遐想。

我现在就住在这样一座巨大的迷宫里。每天晚上,在深圳大学开完会吃过晚饭以后,就乘车返回这里,站在甲板上,一个人默默地欣赏着迷蒙的夜色,往往站上很长的时间。最让我留连不忍离去的就是上面提到的那一串灯光形成的珍珠项链。对它我简直是百看不厌。它能引起我的种种幻想:深山大泽,通衢闹市,天上地下,海阔天空。我的幻想仿佛插上了翅膀,到处飞翔,无所不往,无阻无碍,圆融自在。

我也努力在黑暗中辨认白天到过的地方。在右边的某一个山影的后面,大概就是深圳大学吧。我现在当然什么东西都看不见。但是,我内心深处的那一双眼睛却仿佛看到了深大的校园。现在在北国正是凄清萧瑟的初冬季节,这里依然还是盛夏。在炎阳下,各种颜色的鲜花迎风怒放,开得五色缤纷,花团锦簇。这里也像小说中的仙山一样,有"四时不谢之花,八节长春之草"。年轻的大学生们也像是一朵朵的鲜花。在鲜花丛中走来走去,怡然自得,仿佛要同鲜花比美。女学生的高跟鞋击地作响,男学生的牛仔裤别具一格。不管是男是女,都是高视阔步,一副主宰宇宙的神气。他们心目中的宇宙大概就像眼前的鲜花一样绚丽多彩吧。他们是我们的未来,他们是我们的希望,他们是我们建设社会主义祖国的主将。我真是从心里面喜欢这一些男女大孩子们。我的眼前一闪,这些男女大孩子身上都仿佛发出了光芒,同眼前的珍珠项链争光夺彩,不,他们简直就形成了这一长串的珍珠项链了。

我立刻又联想到了在深圳大学的一个大厅里举行的比较文学讨论会。参加讨论会的有许多国外著名的学者，也有国内著名的学者；群贤毕至，少长咸集；看来中年青年人占绝大多数。红颜白发，相映成趣。会议开得活泼、热烈，大家皆大欢喜。比较文学在中国是一门新兴学科。这一批中年青年人英姿勃发，精神抖擞，可以说是极一时之选。我们在他们身上看到了这一门学科的光辉前景。我的眼前又一闪，这一批中青年身上也仿佛发出了光芒，闪灼辉耀，灿如列星。他们也在同我眼前的这一串珍珠项链争光夺彩了。

我就这样站在这艘巨轮的甲板上，在黑暗中浮想联翩，有时候简直是想入非非。我眼前的这一串珍珠项链突然亮了起来，海上世界这一艘豪华的庞然大物仿佛开动了机器，驶离了岸边，驶向那一串珍珠项链；在黑暗的海上，在迷蒙的夜空下，载着我们的希望，载着我们的未来，它真成为一个名副其实的海上世界了。

1985年12月17日

下瀛洲

我仿佛正飞向一个古老又充满了神话的世界,心里有点激动,又有点好奇。但我又知道,这是一个崭新的完完全全现实的世界;我的心情又平静下来……

我就是怀着这样复杂多变的心情,平静地坐在机舱内。飞机正飞行在万米高空。我觉得,仿佛是自己生上了翅膀,"排空驭气奔如电",飞行的是我自己,而不是飞机。下面是茫茫云海。大地上的东西,什么都看不到。但是,从时间上来推算,我大体上能知道,下面是什么地方。两个多小时以后,茫茫云海并没有改变。但是我明确地知道,下面是大海。又过了一些时候,飞行速度似乎在下降。不久,凭机窗俯望,就看到海岸像一抹绿痕:日本到了。

我是第一次到日本来。但是我从小就读了大量关于日本的书籍,什么瀛洲,什么蓬莱三岛。虽然我不大懂这些东西,"山在虚无缥缈间",可是日本对我并不陌生。今天我竟然来到了这里。对来过的人说来,也许是司空见惯的事。对我说来,却是满怀新奇之感。机舱中那种复杂的心情,又向我袭来。我不禁有点兴奋起来了。

同行的一位青年教师说:"来到日本,似乎是出了国,又似乎没有出。"短短几句话很形象地道出了一个中国人初到日本的心情。事情确实是这样。时间只相隔两三个小时，短到让我们决不会想到自己已经远适异域，东京大街上的招牌、匾额，甚至连警察厅的许多通告和条例，基本上都是汉字，我们一看就能明白。街上接踵联袂的行人，面孔又同我们差不多。说是已经身在异国，似乎是不大可信的。从前一位中国诗人到了法国巴黎，写了两句有名的诗："对月略能推汉历，看花苦为译秦名。"在东京，也同在巴黎一样，是在国外；但是我们却决不会有这样的感觉。"月是故乡明"，在日本也同样地明了，至于花，好多花的名字，中日文是一致的。倘若我们不仔细留意，我们决不会感到，我们已经是在离开祖国几千里外的异域了。

但是，最重要的还不是这些表面上的东西，而是日本人民的心。近两三年来，我在北京大学接待过几十个日本代表团。其中有重要的政治家，有著名的学者和作家，有年高德劭的大和尚，有声名远扬的亲台派，有老人，有青年，有男子，有妇女。他们的职业和经历都是完全不同的，政治见解也是五花八门。但是，他们几乎都有一颗对中国人民诚挚的心。他们对于中国过去的文化曾经帮助过日本这一件事，表示由衷地感谢；对于极少数军国主义者给中国人民造成的灾难，又表示真诚地内疚。我曾多次为这样一颗颗的心而感动。我感到，从我们嘴里说出的和我们耳朵里听到的"中日人民世世代代友好下去"这一句话，表示了我们两国人民的真诚愿望，决不是一句空洞的话。

就在不久以前,我招待一个日本大学校长代表团。团长是一位学自然科学的大学校长。他纯朴热情,诚挚忠厚,真正是一位学者。看样子,他并不擅长词令,但是说出来的话却句句能激动人心。在一次宴会上,喝了几杯茅台之后,他脸上泛起了一点红潮,样子已经有几分酒意了。他站起来讲话,又讲到日中文化关系,讲到日本军国主义者对中国人民的骚扰。这些话并没有新的内容,我已经听过许多遍,毫不陌生了。但是,现在从这样一位学者口中说出来,却似乎有异常的力量,让我永远难忘。

今天我自己来到了日本,接触到许多日本学者,接触到广大的日本人民。尽管我不能同所有的日本人民都谈话;但是,从一粒沙中可以看到宇宙,从少数日本朋友的谈话中,我仿佛听到了广大日本人民的声音。我在国内从日本代表团那里得到的印象,今天都完全得到了证实。

日本这个国家,整个就是一座大花园。到处树木蓊郁,绿草芊芊,很难找到一块不干净的地方。如果你想丢掉一团用不着的废纸什么的,那还真不容易,你简直找不到一块可以丢废纸的地方。家家户户,不管庭院有多么小,总要栽上一点花木。最常见的是一种矮而肥的绿松,枝干挺拔,绿意逼人。衬托着后面的小楼,看上去令人怡情悦目。

至于住在这里的人,都彬彬有礼,"谢谢!""对不起!"经常挂在嘴上。日本人民九十度的鞠躬是闻名全世界的。

但是,彬彬有礼并不等于慢慢腾腾。初到日本的人,大概都会感到，日本人走路、办事，都是急急忙忙，精神高度集中。连穿着高跟鞋走路的女士们，也都像赶路似的，脊背挺直，精神抖擞，得、得、得一溜小跑。好像前面有什么东西吸引着，后面有什么东西追赶着。日本人重视工作，重视工作效率，重视时间，决不肯浪费一点时间的。有的外国人把日本人描绘为"只知道工作的蜜蜂""工作中毒"等等。这些说法，我觉得丝毫没有讽刺的意思，而是充满了敬佩与赞美。第二次世界大战结束时，日本战败了，国破家亡，疮痍满目，过了一段非常艰苦的日子。一直到今天，年纪大一点的人，谈起来还心有余悸。然而在短短的一二十年中，他们又勇敢地站了起来。创造了让全世界都瞠目结舌的奇迹。这似乎难以理解，实际上却非常自然。联想到我上面说到的日本人民的那种精神，创造些子奇迹，又有什么可以吃惊的呢？

我今天来到的就是这样一个国家：既陌生，又熟悉；既有神话，又有现实；既属于历史，又属于当前；既显得很远，又显得很近；既令人惊诧难解，又令人感到顺理成章。向这样一个国家和人民，我们有许多东西是可以学习的。如果说从前的蓬莱、瀛洲都隐在一团虚无缥缈的神话的迷雾中，那么今天的日本却明明白白、毫不含糊地摆在我的眼前。我就这样怀着好奇而又激动的矛盾心情，开始了对日本的访问。

1981年7月原稿

1982年1月4日抄完

琼楼玉宇，高处不胜寒

阿格拉是有名的地方，有名就有在泰姬陵。世界舆论说，泰姬陵是不朽的，它是世界上多少多少奇之一。而印度朋友则说："谁要是来到印度而不去看泰姬陵，那么就等于没有来。"

我前两次访问印度，都到泰姬陵来过，而且两次都在这里过了夜。我曾在朦胧的月色中来探望过泰姬陵。整个陵寝在月光下幻成了一个白色的奇迹。我也曾在朝暾的微光中来探望过泰姬陵，白色大理石的墙壁上成千上万块的红绿宝石闪出万点金光，幻成了一个五光十色的奇迹。总之，我两次都是名副其实地来到了印度。这一次我也决心再来；否则，我的三访印度，在印度朋友心目中就成了两访印度了。

同前两次一样，这一次也是乘汽车来的。车子下午从德里出发，一直到黄昏时分，才到了阿格拉。泰姬陵的白色的圆顶已经混入暮色苍茫之中。我们也就在苍茫的暮色中找到了我们的旅馆。从外面看上去，这旅馆砖墙剥落，宛如年久失修的莫卧儿王朝的废宫。但是里面却是灯光明亮，金碧辉煌，完全是另一番景象。房间都用与莫卧儿王朝有关的一些名字标出，使人一进去，就仿佛到了莫卧儿王朝；使人一睡下，就能够做起莫卧儿的梦来。

我真的做了一夜莫卧儿的梦。第二天一大早,我们就赶到泰姬陵门外。门还没有开。院子里,大树下,弥漫着一团雾气,掺杂着淡淡的花香。夜里下过雨,现在还没有晴开。我心里稍有懊恼之意:泰姬陵的真面目这一次恐怕看不到了。

但是,突然间,雨过天晴云破处,流出来了一缕金色的阳光,照在泰姬陵的圆顶上,只照亮一小块,其余的地方都暗淡无光,独有这一小块却亮得耀眼。我们的眼睛立刻明亮起来:难道这不就是泰姬陵的真面目吗?

我们走了进去,从映着泰姬陵倒影的小水池旁走向泰姬陵,登上了一层楼高的平台,绕着泰姬陵走了一周,到处瞭望了一番。平台的四个角上,各有一座高塔,尖尖地刺入灰暗的天空。四个尖尖的东西,衬托着中间泰姬陵的圆顶那个圆圆的东西,两相对比,给人一种奇特的美。我想不出一个适当的名词来表达这种美,就叫它几何的美吧。后面下临阎牟那河。河里水流平缓,有一个不知什么东西漂在水里面,一群秃鹫和乌鸦趴在上面啄食碎肉。秃鹫们吃饱了就飞上栏杆,成排地蹲在那里休息,傲然四顾,旁若无人。

我们就带着这些斑驳陆离的印象,回头来看泰姬陵本身。我怎样来描述这个白色的奇迹呢?我脑筋里所储存的一切词汇都毫无用处。我从小念的所有的描绘雄伟的陵墓的诗文,也都毫无用处。"碧瓦初寒外,金茎一气旁。山河扶绣户,日月近雕梁。"多么雄伟的诗句呀!然而,到了这里却丝毫也用不上。这里既无绣户,也无雕梁。这陵墓是用一块块白色大理石堆砌起来的。但是，无论从远处看，还是从近处看，却丝毫也看不出堆砌的痕迹，它浑然一体，好像是一块完整的大理石。多少年来，我看过无数的泰姬陵的照片和绘画；但是却没有看到有任何一幅真正的照出、画出泰姬陵的气势来的。只有你到了泰姬陵跟前，站在白色大理石铺的地上，眼里看到的是纯白的大理石，脚下踩的是纯白的大理石；陵墓是纯白的大理石，栏杆是纯白的大理石，四个高塔也是纯白的大理石。你被裹在一片纯白的光辉中，翘首仰望，纯白的大理石墙壁有几十米高，仿佛上达苍穹。在这时候，你会有什么样的感觉，我不知道。反正我自己仿佛给这个白色的奇迹压住了，给这纯白的光辉网牢了，我想到了苏东坡的词："琼楼玉宇，高处不胜寒。"我自己仿佛已经离开了人间，置身于琼楼玉宇之中。有人主张，世界上只有阴柔之美与阳刚之美。把二者融合起来成为浑然一体的那种美，只应天上有。我眼前看到的就是这种天上的美。我完全沉浸在这种美的享受中，忘记了时间的推移。等到我从这琼楼玉宇中回转来时，已经是我们应该离开的时候了。

　　从泰姬陵到红堡是一条必由之路，我们也不例外。到了红堡，限于时间我们只匆匆地走了一转。莫卧儿王朝的这一座故宫，完全是用红砂岩筑成的。如果说泰姬陵是白色的奇迹的话，那么这里就是红色的奇迹。但是，我到了这里，最关心的却是一块小小的水晶。据说，下令修建泰姬陵的沙扎汗，晚年被儿子囚了起来。他本来还准备在阎牟那河这一边同河对岸泰姬陵遥遥相对的地方，修建一座完全用黑色大理石砌成的陵墓，如果建成的话，那将是一个不折不扣的黑色的奇迹。然而在这黑色的奇迹出现以前，他就失去了自由，成为自己儿子的阶下囚。他天天坐在红堡的一个走廊上，背对着泰姬陵，凝神潜思，忍忧含悲，目不转睛地注视着镶嵌在一个柱子上的那一块水晶，里面反映出整个泰姬陵的影像。月月如此，天天如此，这位孤独的老皇帝就这样度过了他的残生。

这个故事很有些浪漫气息。几百年来，也打动了千千万万好心人的心弦，滴下了无数的同情之泪。但是，我却是无泪可滴。我上一次来的时候，印度朋友曾告诉过我，就在这走廊下面那一片空地上，莫卧儿皇帝把囚犯弄了来，然后放出老虎，让老虎把人活活地吃掉。他们坐在走廊上怡然欣赏这一幕奇景。这样的人，即使被儿子囚了起来，我难道还能为他流下什么同情之泪吗？这样的人，即使对死去的爱姬有那么一点情意，这种情意还值得几文钱呢？我正在胡思乱想的时候，红堡城墙下长着肥大的绿叶子的树丛中，虎皮鹦鹉又吱吱喳喳叫了起来。这种鸟在中国是会被当作珍禽装在精致的笼子里来养育的。但是在阿格拉，却多得像麻雀。有那么一个皇帝，再加上这些吱吱喳喳的虎皮鹦鹉，我的游兴已经索然了。那些充满了浪漫气氛的故事对于我已经毫无吸引力了。

我走下了天堂，回到了现实。人间和现实是充满了矛盾的；但是它们又确实是美的。就是在阿格拉也并非例外。二十七年前，当我第一次到阿格拉来的时候，我在旅馆中遇到的一件小事，却使我忆念难忘。现在，当我离开了泰姬陵走下天堂的时候,我不由得又回忆起来。

我们在旅馆里看一个贫苦的印度艺人让小黄鸟表演识字的本领。又看另一个艺人让眼镜蛇与獴决斗。两个小动物都拼上命互相搏斗,大战了几十回合,还不分胜负。正在看得入神的时候,我瞥见一个印度青年在外面探头探脑。他的衣着不像一个学生,而像一个学徒工。我没有多加注意,仍然继续观战。又过了不知多少时候,我又一抬头,看到那个青年仍然站在那里,我立刻走出去。那个青年猛跑了几步,紧紧地抓住了我的手,我感觉到他的手有点颤抖。他递给我一个极小的小盒,透过玻璃罩可以看到,里面铺的棉花上有一粒大米。我真有点吃惊了。这一粒大米有什么意义呢?青年打开小盒,把大米送到我眼底下,大米上写着"印中友谊万岁"几个字,只能用放大镜才能看得清楚。他告诉我,他是一个学徒工,最热爱新中国,但却从来没有机会接触一个中国人。听说我们来了,他便带了大米来看我们。从早晨等到现在,中午早已过了。但是几次被人撵走。现在终于见到中国朋友了,他是多么兴奋啊!我接过了小盒,深深地被这个淳朴的青年感动了。我握住了他的手,心里面思绪万千,半天没有说出话来。我一直目送这个青年的背影消失在大街上熙熙攘攘的人群中,才转回身来。

泰姬陵是美的,是不朽的。然而,人们心里的真挚感情不是比泰姬陵更美,更不朽吗?上面说的这件小事,到现在,已经过了二十七年,在人的一生中,二十七年是一段漫长的时间,可是,不管我什么时候想起这件小事,那个学徒工的影像就栩栩如生地浮现在我的眼前。现在他大概都有四五十岁了吧。中间沧海桑田，世间多变。但是我却不相信，他会忘掉我，会忘掉中国，正如我不会忘掉他一样。据我看，这才是真正的美，真正的不朽。是美的、不朽的泰姬陵无法比拟的美，无法比拟的不朽。

1978年

伍

时光长河，永恒眷恋

要待在人间，就必须受时间的制约。在时间面前，人人平等。如果想不通我在上面说的那一些并不深奥的道理，时间就变成了枷锁，让你处处感到不舒服。但是，如果真想通了，则戴着枷锁跳舞反而更能增加一些意想不到的兴趣。

时 间

　　一抬头，就看到书桌上座钟的秒针在一跳一跳地向前走动。它那里一跳，我的心就一跳。孔子说："逝者如斯夫，不舍昼夜！"这里指的是水。水永远不停地流逝，让孔夫子吃惊兴叹。我的心跳，跳的是时间。水是能看得见，摸得着的。时间却看不见，摸不着的，它的流逝你感觉不到，然而确实是在流逝。现在我眼前摆上了座钟，它的秒针一跳一跳，让我再清楚不过地看到了时间的流逝，焉能不心跳？焉能不兴叹呢？

　　远古的人大概是很幸福的。他们日出而作，日入而息，根据太阳的出没来规定自己的活动。即使能感到时间的流逝，也只在依稀隐约之间。后来，他们聪明了，根据太阳光和阴影的推移，把时间称做光阴。再后来，人们的聪明才智更提高了，用铜壶滴漏的办法来显示和测定时间的推移，这是用人工来抓住看不见摸不着的时间的尝试。到了近几百年，人类发明了钟表，把时间的存在与流逝清清楚楚地摆在每一个人的面前。这是人类文明进步的表现。但是，正如人们常说的那样，"有一利必有一弊"，人类成了时间的奴隶，成了手表的奴隶。现在各种各样的会极多，开会必须规定时间，几点几分，不能任意伸缩。如果参加重要的会而路上偏偏赶上堵车，任你怎样焦急,怎样频频看手表,都是白搭。这不是典型的时间的奴隶又是什么呢?然而,话又说了回来,在今天头绪纷纭杂乱有章的社会里,开会不定时间,还像古人那样"日出而作,日入而息",悠哉游哉,顺帝之则,今天的社会还能运转吗?不管你愿意不愿意,成为时间的奴隶就正是文明的表现。

不管你意识到还是没有意识到,大自然还是把虚无缥缈的时间用具体的东西暗示给了人们。比如用日出日落标志出一天,用月亮的圆缺标志出一月,用四季(在印度是六季或者两季)标志出一年。农民最关心这些问题,一年二十四个节气对他们种庄稼有重要意义。在自然科学家和哲学家眼中,时间具有另外的意义。他们说,大千世界,人类万物,都生长在时间和空间内,而时间是无头无尾的,空间是无边无际的。我既不是自然科学家,也不是哲学家,对无头无尾和无边无际实在难以理解。可是不这样又能怎样呢?如果时间有了头尾,头以前尾以后又是什么呢?因此,难以理解也只得理解,此外更没有其他途径。

生与死也属于时间范畴。一般人总是把生与死绝对对立起来。但是,中国古代的道家却主张"万物方生方死",把生与死辩证地联系在一起,而且准确无误地道出了生即是死的关系。随着座钟秒针的一跳,我自己就长了无法用言语表达出来的那么一点点儿。同时也就是向着死亡走近了那么一点点儿。不但我是这样,现在正是初夏,窗外的玉兰花、垂柳和深埋在清塘里的荷花,也都长了那么一点点儿。不久前还是冰封的湖水,现在是"风乍起,吹皱一池夏水",波光潋滟,水色接天。岸上的垂杨,从光秃秃的枝条上逐渐长出了小叶片,一转瞬间,出现了一片鹅黄;再一转瞬,就是一片嫩绿,现在则是接近浓绿了。小山上原来是一片枯草,"一夜东风送春暖,满山开遍二月兰"。今年是二月兰的大年,山上地下,只要有空隙,二月兰必然出现在那里,座钟的秒针再跳上多少万次,二月兰即将枯萎,也就是走向暂时的死亡了。所有这些东西,都是方生方死。这是自然的规律,不可逆转的。

  印度人是聪明的,他们把时间和死亡视为一物。梵文 hāla,既是"时间",又是"死亡或死神"。《罗摩衍那》的主人公罗摩,在活了极长的时间以后,hāla 走上门来,这表示他就要死亡了。罗摩泰然处之,既不"饮恨",也不"吞声"。他知道这是自然规律,人类是无能为力的。我们今天知道,不但人类是这样,世界上万事万物都有始有终,无一例外。"顺其自然"是最好的办法。我在这里顺便说一下。在梵文里,动词"死"的字根是 mn;但是此字不用 manati 来表示现在时,而是用被动式 mniyati(ti),这表示,印度人认为"死"是被动的,主动自杀者究属少数。

  同印度人比较起来,中国人大概希望争取长生。越是有钱有势的人越希望活下去,在旧社会里生活在水深火热中的小百姓,决不会愿意长远活下去的。而富有天下的天子则热切希望长生。中国历史上几位有名的英主,莫不如此。秦始皇和汉武帝都寻求不死之药或者仙丹什么的。连唐太宗都是服用了印度婆罗门的"仙药"而中毒身亡的。老百姓书呆子中也有寻求肉身升天的,而且连鸡犬都带了上去。我这个木头脑袋瓜真想也想不通。如果真有那么一个"天"的话,人数也不会太多。升到那里去干些什么呢?那里不会有官僚衙门,想走后门靠贿赂来谋求升官,没有这个可能。那里也不会有什么市场,什么WTO,想发财也英雄无用武之地。想打麻将,唱卡拉OK,唱几天,打几天,还是会有兴趣的,但让你一月月一年年永远打下去,你受得了吗?养鸡喂狗,永远喂下去,你也受不了。"不为无益之事,何以遣有涯之生!"无益之事天上没有。在天上待长了,你一定会自杀。苏东坡说"起舞弄清影,何似在人间"!是有见地之言。我们还是老老实实待在人间吧。

要待在人间,就必须受时间的制约。在时间面前,人人平等。如果想不通我在上面说的那一些并不深奥的道理,时间就变成了枷锁,让你处处感到不舒服。但是,如果真想通了,则戴着枷锁跳舞反而更能增加一些意想不到的兴趣。我自认是想通了。现在照样一抬头就看到书桌上座钟的秒针一跳一跳地向前走动,但是我的心却不跳了。我觉得这是时间给我提醒儿,让我知道时间的价值。"一寸光阴不可轻",朱子这一句诗对我这个年过九十的老头儿也是适用的。

2002年3月31日

回 忆

回忆很不好说,究竟什么才算是回忆呢?我们时时刻刻沿了人生的路向前走着,时时刻刻有东西映入我们的眼里。——即如现在吧,我一抬头就可以看到清浅的水在水仙花盆里反射的冷光,漫在水里的石子的晕红和翠绿,茶杯里残茶在软柔的灯光下照出的几点金星。但是,一转眼,眼前的这一切,早跳入我的意想里,成轻烟,成细雾,成淡淡的影子,再看起来,想起来,说起来的话,就算是我的回忆了。

只说眼前这一步,只有这一点淡淡的影子,自然是迷离的。但是我自从踏到世界上来,走过不知多少的路。回望过去的茫茫里,有着我的足迹叠成的一条白线,一直引到现在,而且还要引上去。我走过都市的路,看尘烟缭绕在栉比的高屋的顶上。我走过乡村的路,看似水的流云笼罩着远村,看金海似的麦浪。我走过其他许许多多的路,看红的梅,白的雪,潋滟的流水,十里稷稷的松壑,死人的蜡黄的面色,小孩充满了生命力的踊跃。我在一条路上接触到种种的面影,熟悉的,不熟悉的。这一切的一切都在我走着的时候,蓦地成轻烟,成细雾,成淡淡的影子,储在我的回忆里。有的也就被埋在回忆的暗陬里,忘了。当我转向另一条路的时候,随时又有新的东西,另有一群面影凑集在我的眼前。蓦地又成轻烟,成细雾,成淡淡的影子,移入我的回忆里,自然也有的被埋在暗陬里,忘了。新的影子挤入来,又有旧的被挤到不知什么地方去幻灭,有的简直就被挤了出去。以后,当另一群更新的影子挤进来的时候,这新的也就追踪了旧的命运。就这样,挤出,挤进,一直到现在。我的回忆里残留着各样的影子,色彩。分不清先先后后,紊混成一团了。

我就带着这紊混的一团从过去的茫茫里走上来。现在抬头就可以看到水仙花盆里反射的水的冷光,水里石子的晕红和翠绿,残茶在灯下照出的几点金星。自然,前面已经说过,这些都要倏地变成影子,移入回忆里,移入这紊混的一团里,但是在未移动以前,这紊混的一团影子说不定就在我的脑海里浮动起来,我就自然陷入回忆里去了——陷入回忆里去,其实是很不费力的事。我面对着当前的事物。不知怎地,迷离里忽然电光似的一掣,立刻有灰蒙蒙的一片展开在我的意想里,仿佛是空空的,没有什么,但随便我想到曾经见过的什么,立刻便有影子浮现出来。跟着来的还不止一个影子,两个,三个,多,更多了。影子在穿梭,在紊混。又仿佛电光似的一掣,我又顺着一条线回忆下去——比如回忆到故乡里的秋吧。先仿佛看到满场里乱摊着的谷子,黄黄的。再看到左右摆动的老牛的头,飘浮着云烟的田野,屋后银白的一片荻芦。再沉一下心,还仿佛能听到老牛的喘气,柳树顶蝉的曳长了的鸣声。豆荚在日光下毕剥的炸裂声。蓦地,有如阴云漫过了田野,只在我的意想里一恍,在故乡里的这些秋的影子上面,又挤进来别的影子了——红的梅,白的雪,潋滟的流水,十里稷稷的松壑,死人的蜡黄的面色,小孩充满了生命力的踊跃。同时,老牛的影,芦花的影,田野的影,也站在我的心里的一个角隅里。这许多的影子掩映着,混起来。我再不能顺着刚才的那条线想下去。又有许多别的历乱的影子在我的意念里跳动。如电光火石,眩了我的眼睛。终于我一无所见,一无所忆。仍然展开了灰蒙蒙的一片,空空的,什么也没有。我的回忆也就停止了。

我的回忆停止了,但是绝不能就这样停止下去的。我仍然说,我们时时刻刻沿着人生的路向前走着,时时刻刻就有回忆萦绕着我们。——再说到现在吧。灯光平流到我面前的桌上,书页映出了参差的黑影,看到这黑影,我立刻想到在过去不知什么时候看过的远山的淡影。玻璃杯反射着清光。看了这清光,我立刻想到月明下千里的积雪。我正写着字。看了这一颗颗的字,也使我想到阶下的蚁群⋯⋯倘若再沉一下心,我可以想到过去在某处见过这样的山的淡影。在另一个地方也见过这样的影子,纷纷的一团。于是想了开去,想到同这影子差不多的影子。纷纷的一团。于是又想了开去,仍然是纷纷的一团影子。但是同这山的淡影,同这书页映出的参差的黑影却没有一点关系了。这些影子还没幻灭的时候,又有别的影子隐现在他们后面,朦胧,暗淡,有着各样的色彩。再往里看,又有一层影子隐现在这些影子后面,更朦胧,更暗淡,色彩也更繁复。⋯⋯一层,一层,看上去,没有完。越远越暗淡了下去。到最后，只剩了那么一点绰绰的形象。就这样，在我的回忆里，一层一层地，这许许多多的影子，色彩，分不清先后后，又萦混成一团了。

我仍然带了这萦混的一团影子走上去。倘若要问：这些影子都在什么地方呢？我却说不清了。往往是这样，一闭眼，先是暗冥冥的一片，再一看，里面就有影子。但再问：这暗冥冥的一片在什么地方呢？恐怕只有天知道吧。当我注视着一件东西发愣的时候，这些影子往往就叠在我眼前的东西上。在不经意的时候，我常把母亲的面影叠在茶杯上。把忘记在什么时候看见的一条长长的伸到水里去的小路叠在 Hölderlin 的全集上。把一树灿烂的海棠花叠在盛着花的土盆上。把大明湖里的塔影叠在桌上铺着的晶莹的清玻璃上。把晚秋黄昏的一天暮鸦叠在墙角的蜘蛛网上，把夏天里烈日下的火红的花团叠在窗外草地上半匐着的白雪上……然而，只要一经意，这些影子立刻又水纹似的幻化开去。同了这茶杯的，这 Hölderlin 全集的，这土盆的，这清玻璃的，这蜘蛛网的，这白雪的，影子，跳入我的回忆里，在将来的不知什么时候，又要叠在另一些放在我眼前的东西上了。

将来还没有来。而且也不好说。但是，我们眼前的路不正引向将来去吗？我看过了清浅的水在水仙花盆里反射的冷光，映在水里的石子的晕红和翠绿，残茶在软柔的灯光下照出的那几点金星。也看过了茶杯，Hölderlin 全集，土盆，清玻璃，蜘蛛网，白雪，第二天我自然看到另一些新的东西，第三天我自然看到另一些更新的东西。第四天，第五天……看到的东西多起来，这些东西都要倏地成轻烟，成细雾，成淡淡的影子，储在我的回忆里吧。这一团萦混的影子，也要更萦混了。等我不能再走，不能再看的时候，这一团也随了我走应当走的最后路。然而这时候，我却将一无所见，一无所忆。这一团影子幻失到什么地方去了呢？随了大明湖里的倒影飘散到茫迷里去了吗？随了远山的淡霭被吸入金色的黄昏里去了吗？说不清；而且也不必说。——反正我有过回忆了。我还希望什么呢？

     1934年1月14日旧历年元旦灯下

我的老师们

在深切怀念我的两个不在眼前的母亲的同时,在我眼前那一些德国老师们,就越发显得亲切可爱了。

在德国老师中同我关系最密切的当然是我的 Doktor-Vater（博士父亲）瓦尔德施密特教授。我同他初次会面的情景,我在上面已经讲了一点。他给我的第一个印象是,他非常年轻。他的年龄确实不算太大,同我见面时,大概还不到四十岁吧。他穿一身厚厚的西装,面孔是孩子似的面孔。我个人认为,他待人还是彬彬有礼的。德国教授多半都有点教授架子,这是他们的社会地位和经济地位所决定的,是不以人的意志为转移的。后来听说,在我以后的他的学生们都认为他很严厉。据说有一位女士把自己的博士论文递给他,他翻看了一会儿,一下子把论文摔到地下,忿怒地说道:"Das ist aber alles Mist!（这全是垃圾,全是胡说八道!）"这位小姐从此耿耿于怀,最终离开了哥廷根。

我跟他学了十年,应该说,他从来没有对我发过脾气。他教学很有耐心,梵文语法抠得很细。不这样是不行的,一个字多一个字母或少一个字母,意义方面往往差别很大。我以后自己教学生,也学他的榜样,死抠语法。他的教学法是典型的德国式的。记得是德国19世纪的伟大东方语言学家埃瓦尔德（Ewald）说过一句话："教语言比如教游泳，把学生带到游泳池旁，把他往水里一推，不是学会游泳，就是淹死，后者的可能是微乎其微的。"瓦尔德施密特采用的就是这种教学法。第一二两堂，念一念字母。从第三堂起，就读练习，语法要自己去钻。我最初非常不习惯，准备一堂课，往往要用一天的时间。但是，一个学期四十多堂课，就读完了德国梵文学家施滕茨勒的教科书，学习了全部异常复杂的梵文文法，还念了大量的从梵文原典中选出来的练习。这个方法是十分成功的。

  瓦尔德施密特教授的家庭，最初应该说是十分美满的。夫妇二人，一个上中学的十几岁的儿子。有一段时间，我帮助他翻译汉文佛典，常常到他家去，同他全家一同吃晚饭，然后工作到深夜。餐桌上没有什么人多讲话，安安静静。有一次他笑着对儿子说道："家里来了一个中国客人，你明天大概要在学校里吹嘘一番吧？"看来他家里的气氛是严肃有余，活泼不足。他夫人也是一个不大爱说话的人。

  后来，大战一爆发，他自己被征从军，是一个什么军官。不久，他儿子也应征入伍。过了不太久，从1941年冬天起，东部战线胶着不进，相持不下，但战斗是异常激烈的。他们的儿子在北欧一个国家阵亡了。我现在已经忘记了，夫妇俩听到这个噩耗时反应如何。按理说，一个独生子幼年战死，他们的伤心可以想见。但是瓦尔德施密特教授是一个十分刚强的人，他在我面前从未表现出伤心的样子，他们夫妇也从未同我谈到此事。然而活泼不足的家庭气氛，从此更增添了寂寞冷清的成分，这是完全可以想象的了。

在瓦尔德施密特被征从军后的第一个冬天，他预订的大剧院的冬季演出票，没有退掉。他自己不能观看演出，于是就派我陪伴他夫人观看，每周一次。我吃过晚饭，就去接师母，陪她到剧院。演出有歌剧，有音乐会，有钢琴独奏，有小提琴独奏等等，演员都是外地或国外来的，都是赫赫有名的人物。剧场里灯火辉煌，灿如白昼；男士们服装笔挺，女士们珠光宝气，一片升平祥和气象。我不记得在演出时遇到空袭，因此不知道敌机飞临上空时场内的情况。但是散场后一走出大门，外面是完完全全的另一个世界，顶天立地的黑暗，由于灯火管制，不见一缕光线。我要在这任何东西都看不到的黑暗中，送师母摸索着走很长的路到山下她的家中。一个人在深夜回家时，万籁俱寂，走在宁静的长街上，只听到自己脚步的声音，跫然而至。但此时正是乡愁最浓时。

我想到的第二位老师是西克教授。

他的家世，我并不清楚。到他家里，只见到老伴一人，是一个又瘦又小的慈祥的老人。子女或什么亲眷，从来没有见过。看来是一个非常孤寂清冷的家庭，尽管老夫妇情好极笃，相依为命。我见到他时，他已经早越过了古稀之年。他是我平生所遇到的中外各国的老师中对我最爱护、感情最深、期望最大的老师。一直到今天，只要一想到他，我的心立即剧烈地跳动，老泪立刻就流满全脸。他对我传授知识的情况，上面已经讲了一点，下面还要讲到。在这里我只讲我们师徒二人相互间感情深厚的一些情况。为了存真起见，我仍然把我当时的一些日记，一字不改地抄在下面：

> 1940年10月13日
>
> 昨天买了一张Prof. Sieg的相片，放在桌子上，对着自己。这位老先生我真不知道应该怎样感激他。他简直有父亲或者祖父一般的慈祥。我一看到他的相片，心里就生出无穷的勇气，觉得自己对梵文应该拼命研究下去，不然简直对不住他。

> 1941年2月1日
>
> 五点半出来，到Prof. Sieg家里去。他要替我交涉增薪，院长已答应。这真是意外的事。我真不知道应该怎样感谢这位老人家，他对我好得真是无微不至，我永远不会忘记！

原来他发现我生活太清苦，亲自找文学院长，要求增加我的薪水。其实我的薪水是足够用的，只因我枵腹买书，所以就显得清苦了。

1941年，我一度想设法离开德国回国。我在10月29日的日记里写道：

十一点半，Prof. Sieg去上课。下了课后，我同他谈到我要离开德国，他立刻兴奋起来，脸也红了，说话也有点震颤了。他说，他预备将来替我找一个固定的位置，好让我继续在德国住下去，万没想到我居然想走。他劝我无论如何不要走，他要替我设法同Rektor（大学校长）说，让我得到津贴，好出去休养一下。他简直要流泪的样子。我本来心里还有点迟疑，现在又动摇起来了。一离开德国，谁知道哪一年再能回来，能不能回来？这位像自己父亲一般替自己操心的老人十九是不能再见了。我本来容易动感情。现在更制不住自己，很想哭上一场。

像这样的情况，日记里还有一些，我不再抄录了。仅仅这三则，我觉得，已经完全能显示出我们之间的关系了。还有一些情况，我在下面谈吐火罗文的学习时再谈，这里暂且打住。

我想到的第三位老师是斯拉夫语言学教授布劳恩（Braun）。他父亲生前在莱比锡大学担任斯拉夫语言学教授，他可以说是家学渊源，能流利地说许多斯拉夫语。我见他时，他年纪还轻，还不是讲座教授。由于年龄关系，他也被征从军。但根本没有上过前线，只是担任翻译，是最高级的翻译。他每逢休假回家的时候，总高兴同我闲聊他当翻译时的一些花絮，很多是德军和苏军内部最高领导层的真实情况。他几次对我说，苏军的大炮特别厉害，德国难望其项背。这是德国方面从来没有透露过的极端机密，给我留下了深刻的印象。

他的家庭十分和美。他有一位年轻的夫人,两个男孩子,大的叫安德烈亚斯,约有五六岁,小的叫斯蒂芬,只有二三岁。斯蒂芬对我特别友好,我一到他家,他就从远处飞跑过来,扑到我的怀里。他母亲教导我说:"此时你应该抱住孩子,身子转上两三圈,小孩子最喜欢这玩意!"教授夫人很和气,好像有点愣头愣脑,说话直爽,但有时候没有谱儿。

布劳恩教授的家离我住的地方很近,走二三分钟就能走到。因此,我常到他家里去玩。他有一幅中国古代的刺绣,上面绣着五个大字:时有溪山兴。他要我翻译出来。从此他对汉文产生了兴趣,自己买了一本汉德字典,念唐诗。他把每一个字都查出来,居然也能讲出一些意思。我给他改正,并讲一些语法常识。对汉语的语法结构,他觉得既极怪而又极有理,同他所熟悉的印欧语系语言迥乎不同。他认为,汉语没有形态变化,也可能是优点,它能给读者以极大的联想自由,不像印欧语言那样被形态变化死死地捆住。

他是一个多才多艺的人,擅长油画。有一天,他忽然建议要给我画像。我自然应允了,于是有比较长的一段时间,我天天到他家里去,端端正正地坐在那里,当模特儿。画完了以后,他问我的意见。我对画不是内行,但是觉得画得很像我,因此就很满意了。在科学研究方面,他也表现了他的才艺。他的文章和专著都不算太多,他也不搞德国学派的拿手好戏:语言考据之学。用中国的术语来说,他擅长义理。他有一本讲19世纪沙俄文学的书,就是专从义理方面着眼,把列·托尔斯泰和陀斯妥耶夫斯基列为两座高峰,而展开论述,极有独特的见解,思想深刻,观察细致,是一部不可多得的著作。可惜似乎没有引起多少注意。我都觉得有寂寞冷落之感。

总之,布劳恩教授在哥廷根大学是颇为不得志的。正教授没有份儿,哥廷根科学院院士更不沾边儿。有一度,他告诉我,斯特拉斯堡大学有一个正教授缺了人,他想去,而且把我也带了去。后来不知为什么,没有实现。一直到四十多年以后我重新访问西德时,我去看他,他才告诉我,他在哥廷根大学终于得到了一个正教授的讲座,他认为可以满意了。然而他已经老了,无复年轻时的潇洒英俊。我一进门他第一句话说是:"你晚来了一点,她已经在月前去世了!"我知道他指的是谁,我感到非常悲痛。安德烈亚斯和斯蒂芬都长大了,不在身边。老人看来也是冷清寂寞的。在西方社会中,失掉了实用价值的老人,大多如此。我欲无言了。去年听德国来人说,他已经去世。我谨以心香一瓣,祝愿他永远安息!

我想到的第四位德国老师是冯·格林(Dr. von Grimm)博士。据说他是来自俄国的德国人,俄文等于是他的母语。在大学里,他是俄文讲师。大概是因为他从来没有发表过什么学术论文,所以连副教授的头衔都没有。在德国,不管你外语多么到家,只要没有学术著作,就不能成为教授。工龄长了,工资可能很高,名位却不能改变。这一点同中国是很不一样的。中国教授贬值,教授膨胀,由来久矣。这也算是中国的"特色"吧。反正冯·格林始终只是讲师。他教我俄文时已经白发苍苍，心里总好像是有一肚子气，终日郁郁寡欢。他只有一个老伴，他们就住在高斯—韦伯楼的三楼上。屋子极为简陋。老太太好像终年有病，不大下楼。但心眼极好，听说我患了神经衰弱症，夜里盗汗，特意送给我一个鸡蛋，补养身体。要知道，当时一个鸡蛋抵得上一个元宝，在饿急了的时候，鸡蛋能吃，而元宝则不能。这一番情意，我异常感激。冯·格林博士还亲自找到大学医院的内科主任沃尔夫（Wolf）教授，请他给我检查。我到了医院，沃尔夫教授仔仔细细地检查过以后，告诉我，这只是神经衰弱，与肺病毫不相干。这一下子排除了我的一块心病，如获重生。这更增加了我对这两位孤苦伶仃的老人的感激。离开德国以后，没有能再见到他们，想他们早已离开人世了，却永远活在我的心中。

我回想起来的老师当然不限于以上四位，比如阿拉伯文教授冯·素顿（Von Soden），英文教授勒德（Roeder）和怀尔德（Wilde），哲学教授海泽（Heyse），艺术史教授菲茨图姆（Vitzthum）侯爵，德文教授麦伊（May），伊朗语教授欣茨（Hinz）等等，我都听过课或有过来往，他们待我亲切和蔼，我都永远不会忘记。我在这里就不一一叙述了。

我的女房东

我在上面已经多次谈到我的女房东欧朴尔太太。

我在这里还要再集中来谈。

我不能不谈她。

我们共同生活了整整十年,共过安乐,也共过患难。在这漫长的时间内,她为我操了不知多少心,她确实像自己的母亲一样。回忆起她来,就像回忆一个甜美的梦。

她是一个平平常常的德国妇女。我初到的时候,她大概已有五十岁了,比我大二十五六岁。她没有多少惹人注意的特点,相貌平平常常,衣着平平常常,谈吐平平常常,爱好平平常常,总之是一个非常平常的人。

然而,同她相处的时间越久,便越觉得她在平常中有不平常的地方:她老实,她诚恳,她善良,她和蔼,她不会吹嘘,她不会撒谎。她也有一些小小的偏见与固执,但这些也都是平平常常的,没有什么越轨的地方;这只能增加她的人情味,而决不能相反。同她相处,不必费心机,设堤防,一切都自自然然,使人如处和暖的春风中。

她的生活是十分单调的、平凡的。她的天地实际上就只有她的家庭。中国有一句话说:妇女围着锅台转。德国没有什么锅台,只有煤气灶或电气灶。我的女房东也就是围着这样的灶转。每天一起床,先做早点,给她丈夫一份,给我一份。然后就是无尽无休地擦地板,擦楼道,擦大门外面马路旁边的人行道。地板和楼道天天打蜡,打磨得油光锃亮。楼门外的人行道,不光是扫,而且是用肥皂水洗。人坐在地上,决不会沾上半点尘土。德国人爱清洁,闻名全球。德文里面有一个词儿Putzteufel,指打扫房间的洁癖,或有这样洁癖的女人。Teufel的意思是"魔鬼",Putz的意思是"打扫"。别的语言中好像没有完全相当的字。我看,我的女房东,同许多德国妇女一样,就是一个不折不扣"清扫魔鬼"。

我在生活方面所有的需要,她一手包下来了。德国人生活习惯同中国人不同。早晨起床后,吃早点,然后去上班;十一点左右,吃自己带去的一片黄油夹香肠或奶酪的面包;下午一点左右吃午饭。这是一天的主餐,吃的都是热汤热菜,主食是土豆。下午四点左右,喝一次茶,吃点饼干之类的东西。晚上七时左右吃晚饭,泡一壶茶或者咖啡,吃凉面包、香肠、火腿、干奶酪等等。我是一个年轻的穷学生,一无时间,二无钱来摆这个谱儿。我还是中国老习惯,一日三餐。早点在家里吃,一壶茶,两片面包。午饭在外面馆子里或学生食堂里吃,都是热东西。晚上回家,女房东把她们中午吃的热餐给我留下一份。因此,我的晚餐也都是热汤热菜,同德国人不一样,这基本上是中国办法。这都是女房东在了解了中国人的吃饭习惯之后精心安排的。我每天在研究所里工作了一整天之后,回到家来，能够吃上一顿热乎乎的晚饭，心里当然是美滋滋的。对女房东这番情意，我是由衷地感激的。

晚饭以后，我就在家里工作。到了晚上十点左右，女房东进屋来，把我的被子铺好，把被罩拿下来，放到沙发上。这工作其实是非常简单的，我自己尽可以做。但是，女房东却非做不可，当年她儿子住这一间屋子时，她就是天天这样做的。铺好床以后，她就站在那里，同我闲聊。她把一天的经历，原原本本，详详细细，都向我"汇报"。她见了什么人，买了什么东西，碰到了什么事情，到过什么地方，一一细说，有时还绘声绘形，说得眉飞色舞。我无话可答，只能洗耳恭听。她的一些婆婆妈妈的事情，我并不感兴趣。但是，我初到德国时，听说德语的能力都不强。每天晚上上半小时的"听力课"，对我大有帮助。我的女房东实际上成了我的不收费的义务教员。这一点我从来没有对她说，她也永远不会懂的。"汇报"完了以后，照例说一句："夜安！祝你愉快地安眠！"我也说同样的话，然后她退出，回到自己的房间里。我把皮鞋放在门外，明天早晨，她把鞋擦亮。我这一天的活动就算结束了，上床睡觉。

其余许多杂活，比如说洗衣服、洗床单、准备洗澡水，等等，无不由女房东去干。德国被子是鸭绒的，鸭绒没有被固定起来，在被套里面享有绝对的自由活动的权利。我初到德国时，很不习惯，睡下以后，在梦中翻两次身，鸭绒就都活动到被套的一边去，这里绒毛堆积如山，而另一边则只剩下两层薄布,当然就不能御寒,我往往被冻醒。我向女房东一讲,她笑得眼睛里直流泪。她于是细心教我使用鸭绒被的方法。我就像一个小孩子一样,在她的照顾下愉快地生活。

她的家庭看来是非常和睦的,丈夫忠厚老实,一个独生子不在家,老夫妇俩对儿子爱如掌上明珠。我记得,有一段时间,老头月月购买哥廷根的面包和香肠,打起包裹,送到邮局,寄给在达姆施塔特(Darmstadt)高工念书的儿子。老头腿有点毛病,走路一瘸一拐,很不灵便;虽然拿着手杖,仍然非常吃力。可他不辞辛劳,月月如此。后来老夫妇俩出去度假,顺便去看儿子。到儿子的住处大学生宿舍里去,一瞥间,他们看到老头千辛万苦寄来的面包和香肠,却发了霉,干瘪瘪地躺在桌子下面。老头怎样想,不得而知。老太太回家后,在晚上向我"汇报"时,絮絮叨叨地讲到这件事,说她大为吃惊。但是,奇怪的是,老头还是照样拖着两条沉重的腿,把面包和香肠寄走。我不禁想到,"可怜天下父母心",古今中外之所同。然而儿女对待父母的态度,东西方却不大相同了。章太太的男房东可以为证。我并不提倡愚忠愚孝。但是,即使把父母与子女之间的关系,化为一般人与人之间的关系,像房东儿子的做法不也是有点过分了吗?

女房东心里也是有不平的。

儿子结了婚,住在外城,生了一个小孙女。有一次,全家回家来探望父母。儿媳长得非常漂亮,衣着也十分摩登。但是,女房东对她好像并不热情,对小孙女也并不宠爱。儿媳是年轻人，对好多事情有点马大哈，从中也可以看出德国两代人之间的"代沟"。有一天，儿媳使用手纸过多，把马桶给堵塞了。老太太非常不满意，拉着我到卫生间指给我看。脸上露出了许多怪物相，有忿怒，有轻蔑，有不满，有憎怨。此事她当然不能对儿子讲，连丈夫大概也没有敢讲，茫茫宇宙间她只有对我一个人诉说不平了。

女房东也是有偏见的。

关于戴帽子的偏见，我在上面已经谈过了，这里不再重复。她的偏见不只限于这一点，而且最突出的也不是这一件事。最突出的是宗教偏见。她自己信奉的是耶稣教，对天主教怀有莫名其妙的刻骨的仇恨。我的女房东没有很高的文化，她的偏见也因而更固执。但她偏偏碰到一个天主教的好人。女房东每个月要雇人洗一次衣服、床单等等，承担这项工作的是一个天主教的老处女，年纪比女房东还要大，总有六十多岁了。她没有财产，没有职业，就靠帮人洗衣服为生。人非常老实，一天说不了几句话。却是一个十分虔诚的信徒，每月的收入，除了维持极其简朴的生活以外，全都交给教堂。她大概希望百年之后能够在虚无缥缈的天堂里占一个角落吧。女房东经常对我说："特雷莎（Therese）忠诚得像黄金一样。"特雷莎是她的名字。但是，忠诚归忠诚，一提到宗教，女房东就愤愤不平，晚上向我"汇报"时，对她也时有微词，具体的例子却从来没有听说过。

我的女房东就是这样一个有不平，有偏见，有自己的与宇宙大局、世界大局和国家大局无关的小忧愁小烦恼，有这样那样的特点的平平常常的人；但却是一个心地善良、厚道、不会玩弄任何花招的平常人。

她的一生也是颇为坎坷的，走的并非都是阳关大道。据她自己说，第一次世界大战前，德国人家里普遍都有金子，她家里也一样。大战一结束，德国发了疯似的通货膨胀，把她的一点点黄金都膨胀光了，成了无金阶级。到了第二次世界大战，她只是靠工资过日子。她对政治不感兴趣，她从来不赞扬希特勒，当然更不懂去反对他。由于种族偏见，犹太人她是反对的，但也说不上是"积极分子"，只是随大流而已。她在乡下没有关系户，食品同我一样短缺。在大战中间，她丈夫饿得从一个大胖子变成一个瘦子，终于离开了人世。老两口一生和睦相处，我从来没有听到他们俩拌过嘴、吵过架。老头一死，只剩下她孤零一人。儿子极少回来，屋子里空荡荡的。她心里是什么滋味，我不知道。从表面上来看，她只能同我这一个异邦的青年相依为命了。

战争到了接近尾声的时候，日子越来越难过。不但食品短缺，连燃料也无法弄到。哥廷根市政府俯顺民情，决定让居民到山上去砍伐树木。在这里也可以看到德国人办事之细致、之有条不紊、之遵守法纪。政府工作人员在茫茫的林海中划出了一个可以砍伐的地区，把区内的树逐一检查，可以砍伐者画上红圈。砍伐没有红圈的树，要受到处罚。女房东家里没有劳动力，我当然当仁不让，陪她上山，砍了一天树，运下山来，运到一个木匠家里,用机器截成短段,然后运回家来,贮存在地下室里,供取暖之用。由于那一个木匠态度非常坏,我看不下去,同他吵了一架。他过后到我家来,表示歉意。我觉得,这不过是小事一端,一笑置之而已。

我的女房东是一个平常人,当然不能免俗。当年德国社会中非常重视学衔,说话必须称呼对方的头衔。对方是教授,必须呼之为"教授先生";对方是博士,必须呼之为"博士先生"。不这样,就显得有点不礼貌。女房东当然不会是例外。我通过了博士口试以后,当天晚上"汇报"时,她突然笑着问我:"我从今以后是不是要叫你'博士先生'?"我真是大吃一惊,是我万万没有想到的。我连忙说:"完全没有必要!"她也不再坚持,仍然照旧叫我"季先生!"我称她为"欧朴尔太太!"相安无事。

一想到我的母亲般的女房东,我就回忆联翩。在漫长的十年中,我们晨夕相处,从来没有任何矛盾。值得回忆的事情实在太多太多了;即使回忆困难时期的情景,这回忆也仍然是甜蜜的。这些回忆一时是写不完的。因此我也就不再写下去了。

离开德国以后,在瑞士停留期间,我曾给女房东写过几次信。回国以后,在北平,我费了千辛万苦,弄到了一罐美国咖啡,大喜若狂。我知道,她同许多德国人一样,嗜咖啡若命。我连忙跑到邮局,把邮包寄走,期望它能越过千山万水,送到老太太手中,让她在孤苦伶仃的生活中获得一点喜悦。我不记得收到了她的回信。到了五十年代,我再也不敢写信给她,从此便云天渺茫，互不相闻。正如杜甫所说的"明日隔山岳，世事两茫茫"了。

1983年，在离开哥廷根将近四十年之后，我又回到了我的第二故乡。我特意挤出时间，到我的故居去看了看。房子整洁如故，四十年漫长岁月的痕迹一点也看不出来。我走上三楼，我的住房门外的铜牌上已经换了名字。我也无从打听女房东的下落，她恐怕早已离开了人世，同她丈夫一起，静卧在公墓的一个角落里。我回首前尘，百感交集。人生本来就是这样，我有什么办法呢？我只有虔心祷祝她那在天之灵——如果有的话——永远安息。

别哥廷根

是我要走的时候了。

是我离开德国的时候了。

是我离开哥廷根的时候了。

我在这座小城里已经住了整整十年了。

中国古代俗语说：千里凉棚，没有不散的筵席。人的一生就是这个样子。当年佛祖规定，浮屠不三宿桑下。害怕和尚在一棵桑树下连住三宿，就会产生留恋之情。这对和尚的修行不利。我在哥廷根住了不是三宿，而是三宿的一千二百倍。留恋之情，焉能免掉？好在我是一个俗人，从来也没有想当和尚，不想修仙学道，不想涅槃，西天无分，东土有根。留恋就让它留恋吧！但是留恋毕竟是有限期的。我是一个有国有家有父母有妻子的人，是我要走的时候了。

回忆十年前我初来时，如果有人告诉我：你必须在这里住上五年，我一定会跳起来的：五年还了得呀！五年是一千八百多天呀！然而现在，不但过了五年，而且是五年的两倍。我一点也没有感觉到有什么了不得。正如我在本书开头时说的那样，宛如一场缥缈的春梦，十年就飞去了。现在，如果有人告诉我：你必须在这里再住上十年。我不但不会跳起来，而且会愉快地接受下来的。

然而我必须走了。

是我要走的时候了。

当时要想从德国回国,实际上只有一条路,就是通过瑞士,那里有国民党政府的公使馆。张维和我于是就到处打听到瑞士去的办法。经多方探询,听说哥廷根有一家瑞士人。我们连忙专程拜访,是一位家庭妇女模样的中年妇人,人很和气。但是,她告诉我们,入境签证她管不了;要办,只能到汉诺威(Hannover)去。张维和我于是又搭乘公共汽车,长驱百余公里,赶到了这一地区的首府汉诺威。

汉诺威是附近最大最古的历史名城。我久仰大名,只是从没有来过。今天来到这里,我真正大吃一惊:这还算是一座城市吗?尽管从远处看,仍然是高楼林立;但是,走近一看,却只见废墟。剩下没有倒的一些断壁颓垣,看上去就像是古罗马留下来的斗兽场。马路还是有的,不过也布满了大大小小的弹坑。汽车有的已经恢复了行驶,不过数目也不是太多。引起我们注意的是马路两旁人行道上的情况。德国高楼建筑的格局,各大城市几乎都是一模一样:不管楼高多少层,最下面总有一个地下室,是名副其实地建筑在地下的。这里不能住人。住在楼上的人每家分得一二间,在里面贮存德国人每天必吃的土豆,以及苹果、瓶装的草莓酱、煤球、劈柴之类的东西。从来没有想到还会有别的用途的。战争一爆发,最初德国老百姓轻信法西斯头子的吹嘘,认为英美飞机都是纸糊的,决不能飞越德国国境线这个雷池一步。大城市里根本没有修建真正的防空壕洞。后来,大出人们的意料,敌人纸糊的飞机变成钢铁的了,法西斯头子们的吹嘘变成了肥皂泡了。英美的炸弹就在自己头上爆炸,不得已就逃入地下室躲避空袭。这当然无济于事。英美的重磅炸弹有时候能穿透楼层,在地下室中向上爆炸。其结果可想而知。有时候分量稍轻的炸弹,在上面炸穿了一层两层或多一点层的楼房,就地爆炸。地下室幸免于难,然而结果却更可怕。上面的被炸的楼房倒塌下来,把地下室严密盖住。活在里面的人,呼天天不应,叫地地不灵,这是什么滋味,我没有亲身经历,不愿瞎说。然而谁想到这一点,会不不寒而栗呢?最初大概还会有自己的亲人费上九牛二虎的力量,费上不知多少天的努力,把地下室中受难者亲属的尸体挖掘出来,弄到墓地里去埋掉。可是时间一久,轰炸一频繁,原来在外面的亲属说不定自己也被埋在什么地方的地下室,等待别人去挖尸体了。他们哪有可能来挖别人的尸体呢?但是,到了上坟的日子,幸存下来的少数人又不甘不给亲人扫墓,而亲人的墓地就是地下室。于是马路两旁高楼断壁之下的地下室外垃圾堆旁,就摆满了原来应该摆在墓地上的花圈。我们来到汉诺威看到的就是这些花圈,这种景象在哥廷根是看不到的。最初我是大惑不解。了解了原因以后,我又感到十分吃惊,感到可怕,感到悲哀。据说地窖里的老鼠,由于饱餐人肉,营养过分丰富,长到一尺多长。德国这样一个优秀伟大的民族,竟落到这个下场。我心里酸甜苦辣,万感交集,真想到什么地方去痛哭一场。

汉诺威的情况就是这个样子。这当然是狂轰滥炸时"铺地毯"的结果。但是，即使是地毯，也难免有点空隙。在这样的空隙中还幸存下少数大楼，里面还有房间勉强可以办公。于是在城里无房可住的人，晚上回到城外乡镇中的临时住处，白天就进城来办公。瑞士的驻汉诺威的代办处也设在这样一座楼房里。我们穿过无数的断壁残垣，找到办事处。因为我没有收到瑞士方面的正式邀请和批准，办事处说无法给我签发入境证。我算是空跑一趟。然而我却不但不后悔，而且还有点高兴：我于无意中得到一个机会，亲眼看一看所谓轰炸究竟真实情况如何。不然的话，我白白在德国住了十年，也自命经历过轰炸。哥廷根那一点轰炸，同汉诺威比起来，真如小巫见大巫。如没能看到真正的轰炸，将会抱恨终生了。

汉诺威是这样，其他比汉诺威更大的城市，比如柏林之类，被炸的情况略可推知。我后来听说，在柏林，一座大楼上面几层被炸倒以后，塌了下来，把地下室严严实实地埋了起来。地下室中有人在黑暗中赤手扒碎砖石，走运扒通了墙壁，爬到邻居的尚没有被炸的地下室中，钻了出来，重见天日。然而十个指头的上半截都已磨掉，血肉模糊了。没有这样走运的，则是扒而无成，只有呼叫。外面的人明明听到叫声，然而堆积如山的砖瓦碎石，一时无法清除。只能忍心听下去，最初叫声还高，后来则逐渐微弱，几天之后，一片寂静，结果可知。亲人们心里是什么滋味，他们是受到什么折磨，人们能想

当下即是生活

下去吗？有过这样一场经历，不入疯人院，则入医院。这样惨绝人寰的悲剧是号称"万物之灵"的人类自己亲手酿成的。难道不是这样的吗？

听到这些情况以后，我自然而然地就想到了原来的柏林，十年前和三年前我到过的柏林。十年前不必说了，就是在三年前，柏林是个什么样子呀！当时战争虽然已经爆发，柏林也已有过空袭，但是还没有被"铺地毯"，市面上仍然是繁华的，人们熙攘往来，还颇有一点劲头。然而转瞬之间，就几乎变成了一片废墟。这变化真是太大了。现在让我来描述这一个今昔对比的变化，我本非江郎，谈不到才尽，不过现在更加窘迫而已。在苦思冥想之余，我想出了一个偷巧的办法。我想借用中国古代词赋大家的文章，从中选出两段，一表盛，一表衰，来做今昔对比。时隔将近两千年，地距超过数万里，情况当然是完全不一样的。然而气氛则是完全一致的，我现在迫切需要的正是描述这种气氛。借古人的生花妙笔，抒我今日盛衰之感怀。能想出这样移花接木的绝妙好法，我自己非常得意，不知是哪一路神仙在冥中点化，使我获得"顿悟"，我真想五体投地虔诚膜拜了。是否有文抄公的嫌疑呢？不，决不。我是付出了劳动的，是我把旧酒装在新瓶中的，我是偷之无愧的。

下面先抄一段左太冲《蜀都赋》：

亚以少城，接乎其西。市廛所会，万商之渊。列隧百重，罗肆巨千。贿货山积，纤丽星繁。都人士女，袨服靓妆。贾贸墆鬻,舛错纵横。异物崛诡,奇于八方。

上面列举了一些奇货。从这短短的几句引文里,也可以看出蜀都的繁华。这种繁华的气氛,同柏林留给我的印象是完全符合的。

我再从鲍明远的《芜城赋》里引一段:

观基扃之固护,将万祀而一君。出入三代,五百余载,竟瓜剖而豆分。泽葵依井,荒葛罥途。坛罗虺蜮,阶斗䴕鼯。……通池既已夷,峻隅又已颓。直视千里外,唯见起黄埃。凝思寂听,心伤已摧。

这里写的是一座芜城,实际上鲍照是有所寄托的。被炸得一塌糊涂的柏林,从表面上来看,与此大不相同。然而人们从中得到的感受又何其相似!法西斯头子们何尝不想"万祀而一君"。然而结果如何呢?所谓"第三帝国"被"瓜剖而豆分"了。现在人们在柏林看到的是断壁颓垣,"直视千里外,唯见起黄埃"了。据德国朋友告诉我,不用说重建,就是清除现在的垃圾也要用上五十年的时间。德国人"凝思寂听,心伤已摧",不是很自然的吗?我自己在德国住了这么多年,看到眼前这种情况,我心里是什么滋味,也就概可想见了。

然而是我要走的时候了。

是我离开德国的时候了。

是我离开哥廷根的时候了。

我的真正的故乡向我这游子招手了。

一想到要走,我的离情别绪立刻就逗上心头。我常对人说,哥廷根仿佛是我的第二故乡。我在这里住了十年,时间之长,仅次于济南和北京。这里的每一座建筑,每一条街,甚至一草一木,十年来和我同甘共苦,共同度过了将近四千个日日夜夜。我本来就喜欢它们的,现在一旦要离别,更觉得它们可亲可爱了。哥廷根是个小城,全城每一个角落似乎都留下了我的足迹,我仿佛踩过每一粒石头子,不知道有多少商店我曾出出进进过。看到街上的每一个人都似曾相识。古城墙上高大的橡树、席勒草坪中芊绵的绿草、俾斯麦塔高耸入云的尖顶、大森林中惊逃的小鹿、初春从雪中探头出来的雪钟、晚秋群山顶上斑斓的红叶,等等,这许许多多纷然杂陈的东西,无不牵动我的情思。至于那一所古老的大学和我那一些尊敬的老师,更让我觉得难舍难分。最后但不是最小,还有我的女房东,现在也只得分手了。十年相处,多少风晨月夕,多少难以忘怀的往事,"当时只道是寻常",现在却是可想而不可即,非常非常不寻常了。

然而我必须走了。

我那真正的故乡向我招手了。

我忽然想起了唐代诗人刘皂的《旅次朔方》那一首诗:

客舍并州数十霜

> 归心日夜忆咸阳
> 无端又度桑乾水
> 却望并州是故乡

别了,我的第二故乡哥廷根!
别了,德国!
什么时候我再能见到你们呢?

怀念母亲

我一生有两个母亲：一个是生我的那个母亲；一个是我的祖国母亲。

我对这两个母亲怀着同样崇高的敬意和同样真挚的爱慕。

我六岁离开我的生母，到城里去住。中间曾回故乡两次，都是奔丧，只在母亲身边呆了几天，仍然回到城里。最后一别八年，在我读大学二年级的时候，母亲弃养，只活了四十多岁。我痛哭了几年，食不下咽，寝不安席。我真想随母亲于地下。我的愿望没能实现。从此我就成了没有母亲的孤儿。一个缺少母爱的孩子，是灵魂不全的人。我怀着不全的灵魂，抱终天之恨。一想到母亲，就泪流不止，数十年如一日。如今到了德国，来到哥廷根这一座孤寂的小城，不知道是为什么，母亲频来入梦。

我的祖国母亲，我这是第一次离开她。离开的时间只有短短几个月，不知道是为什么，我这个母亲也频来入梦。

为了保存当时真实的感情，避免用今天的情感篡改当时的感情，我现在不加叙述，不做描绘，只从初到哥廷根的日记中摘抄几段：

1935年11月16日

不久外面就黑起来了。我觉得这黄昏的时候最有意思。我不开灯，只沉默地站在窗前，看暗夜渐渐织上天空，织上对面的屋顶。一切都沉在朦胧的薄暗中。我的心往往在沉静到不能再沉静的氛围里，活动起来。这活动是轻微的，我简直不知道有这样的活动。我想到故乡，故乡里的老朋友，心里有点酸酸的，有点凄凉。然而这凄凉却并不同普通的凄凉一样，是甜蜜的，浓浓的，有说不出的味道，浓浓地糊在心头。

11月18日

从好几天以前，房东太太就向我说，她的儿子今天家来，从学校回家来，她高兴得不得了。……但儿子只是不来，她的神色有点沮丧。她又说，晚上还有一趟车，说不定他会来的。我看了她的神气，想到自己的在故乡地下卧着的母亲，我真想哭！我现在才知道，古今中外的母亲都是一样的！

11月20日

我现在还真是想家，想故国，想故国里的朋友。我有时简直想得不能忍耐。

11月28日

> 我仰在沙发上，听风声在窗外过路。风里夹着雨。天色阴得如黑夜。心里思潮起伏，又想到故国了。

> 12月6日
> 近几天来，心情安定多了。以前我真觉得二年太长；同时，在这里无论衣食住行哪一方面都感到不舒服，所以这二年简直似乎无论如何也忍受不下来了。

从初到哥廷根的日记里，我暂时引用这几段。实际上，类似的地方还有不少，从这几段中也可见一斑了。总之，我不想在国外呆。一想到我的母亲和祖国母亲，就心潮腾涌，惶惶不可终日，留在国外的念头连影儿都没有。几个月以后，在1936年7月11日，我写了一篇散文，题目叫《寻梦》。开头一段是：

> 夜里梦到母亲，我哭着醒来。醒来再想捉住这梦的时候，梦却早不知道飞到什么地方去了。

下面描绘在梦里见到母亲的情景。最后一段是：

> 天哪！连一个清清楚楚的梦都不给我吗？我怅望灰天，在泪光里，幻出母亲的面影。

我在国内的时候，只怀念，也只有可能怀念一个母亲。现在到国外来了,在我的怀念中就增添了一个祖国母亲。这种怀念,在初到哥廷根的时候,异常强烈。以后也没有断过。对这两位母亲的怀念,一直伴随着我度过了在德国的十年,在欧洲的十一年。

西谛先生

西谛先生不幸逝世，到现在已经有二十多年了。听到飞机失事的消息时，我正在莫斯科。我仿佛当头挨了一棒，惊愕得说不出话来。我是震惊多于哀悼，惋惜胜过忆念，而且还有点儿惴惴不安。当我登上飞机回国时，同一架飞机中就放着西谛先生等六人的骨灰盒。我百感交集。当时我的心情之错综复杂可想而知。从那以后，在这样漫长的时间内，我不时想到西谛先生。每一想到，都不禁悲从中来。到了今天，震惊、惋惜之情已逝，而哀悼之意弥增。这哀悼，像烈酒，像火焰，燃烧着我的灵魂。

倘若论资排辈的话，西谛先生是我的老师。30年代初期，我在清华大学读西洋文学系。但是从小学起，我对中国文学就有浓厚的兴趣。西谛先生是燕京大学中国文学系的教授，在清华兼课。我曾旁听过他的课。在课堂上，西谛先生是一个渊博的学者，掌握大量的资料，讲起课来，口若悬河泻水，滔滔不绝。他那透过高度的近视眼镜从讲台上向下看挤满了教室的学生的神态，至今仍宛然如在目前。

当时的教授一般都有一点儿所谓"教授架子"。在中国话里，"架子"这个词儿同"面子"一样，是难以捉摸、难以形容描绘的,好像非常虚无缥缈,但它又确实存在。有极少数教授自命清高,但精神和物质待遇却非常优厚。在他们心里,在别人眼中,他们好像是高人一等,不食人间烟火,而实则饱餍粱肉,进可以攻,退可以守,其中有人确实也是官运亨通,青云直上,成了令人羡慕的对象。存在决定意识,因此就产生了架子。

这些教授的对立面就是我们学生。我们的经济情况有好有坏,但是不富裕的占大多数,然而也不至于挨饿。我当时就是这样一个学生。处境相同,容易引起类似同病相怜的感情;爱好相同,又容易同声相求。因此,我就有了几个都是爱好文学的伙伴,经常在一起,其中有吴组缃、林庚、李长之等等。虽然我们所在的系不同,但却常常会面,有时在工字厅大厅中,有时在大礼堂里,有时又在荷花池旁"水木清华"的匾下。我们当时差不多都才20岁左右,阅世未深,尚无世故,正是天不怕、地不怕的时候。我们经常高谈阔论,臧否天下人物,特别是古今文学家,直抒胸臆,全无顾忌。幼稚恐怕是难免的,但是没有一点儿框框,却也有可爱之处。我们好像是《世说新语》中的人物,任性纵情,毫不矫饰。我们谈论《红楼梦》,我们谈论《水浒》,我们谈论《儒林外史》,每个人都努力发一些怪论,"语不惊人死不休"。记得茅盾的《子夜》出版时,我们间曾掀起一场颇为热烈的大辩论,我们辩论的声音在工字厅大厅中回荡。但事过之后,谁也不再介意。我们有时候也把自己写的东西,什么诗歌之类,拿给大家看,而且自己夸耀哪句是神来之笔，一点儿也不脸红。现在想来，好像是别人干的事，然而确实是自己干的事，这样的率真只在那时候能有，以后只能追忆珍惜了。

在当时的社会上，封建思想弥漫，论资排辈好像是天经地义。一个青年要想出头，那是非常困难的。如果没有奥援，不走门子，除了极个别的奇才异能之士外，谁也别想往上爬。那些少数出身于名门贵阀的子弟，他们丝毫也不担心，毕业后爷老子有的是钱，可以送他出洋镀金，回国后优缺美差在等待着他们。而绝大多数的青年经常为所谓"饭碗问题"担忧，我们也曾为"毕业即失业"这一句话吓得发抖。我们的一线希望就寄托在教授身上。在我们眼中，教授简直如神仙中人，高不可攀。教授们自然也是感觉到这一点的，他们之所以有架子，同这种情况是分不开的。我们对这种架子已经习以为常，不以为怪了。

我就是在这样的气氛中认识西谛先生的。

最初我当然对他并不完全了解。但是同他一接触，我就感到他同别的教授不同，简直不像是一个教授。在他身上，看不到半点儿教授架子；他也没有一点儿论资排辈的恶习。他自己好像并不觉得比我们长一辈，他完全是以平等的态度对待我们。他有时就像一个大孩子，不失其赤子之心。他说话非常坦率，有什么想法就说了出来，既不装腔作势，也不以势吓人。他从来不想教训人，任何时候都是亲切和蔼的。当是流行在社会上的那种帮派习气，在他身上也找不到。只要他认为有一技之长的，不管是老年、中年还是青年，他都一视同仁。因此，我们在背后就常常说他是一个宋江式的人物。他当时正同巴金、靳以主编一个大型的文学刊物《文学季刊》，按照惯例是要找些名人来当主编或编委的，这样可以给刊物镀上一层金，增加号召力量。他确实也找了一些名人，但是像我们这样一些无名又年轻之辈，他也决不嫌弃。我们当中有的人当上了主编，有的人当上特别撰稿人。自己的名字都惶惶然印在杂志的封面上，我们难免有些沾沾自喜。西谛先生对青年人的爱护，除了鲁迅先生外，恐怕并世无二。说老实话，我们有时候简直感到难以理解，有点儿受宠若惊了。

在这样的情况下，我们既景仰他学问之渊博，又热爱他为人之亲切平易，于是就很愿意同他接触。只要有机会，我们总去旁听他的课。有时也到他家去拜访他。记得在一个秋天的夜晚，我们几个人步行，从清华园走到燕园。他的家好像就在今天北大东门里面大烟筒下面。现在时过境迁，房子已经拆掉，沧海桑田，面目全非了。但是在当时给我的印象却是异常美好、至今难忘的。房子是旧式平房，外面有走廊，屋子里有地板，我的印象是非常高级的住宅。屋子里排满了书架，都是珍贵的红木做成的，整整齐齐地摆着珍贵的古代典籍，都是人间瑰宝，其中明清小说、戏剧的收藏更在全国首屈一指。屋子的气氛是优雅典丽的，书香飘拂在画栋雕梁之间。我们都狠狠地羡慕了一番。

总之，我们对西谛先生是尊敬的，是喜爱的。我们在背后常常谈到他,特别是他那些同别人不同的地方,我们更是津津乐道。背后议论人当然并不能算是美德,但是我们一点儿恶意都没有,只是觉得好玩而已。比如他的工作方式,我们当时就觉得非常奇怪。他兼职很多,常常奔走于城内城外。当时交通还不像现在这样方便。清华、燕京,宛如一个村镇,进城要长途跋涉。校车是有的,但非常少,有时候要骑驴,有时候坐人力车。西谛先生挟着一个大皮包,总是装满了稿子,鼓鼓囊囊的。他戴着深度的眼镜,跨着大步,风尘仆仆,来往于清华、燕京和北京城之间。我们在背后说笑话,说郑先生走路就像一只大骆驼。可是他一坐上校车,就打开大皮包拿出稿子,写起文章来。

据说他买书的方式也很特别。他爱书如命,认识许多书贾,一向不同书贾讲价钱,只要有好书,他就留下,手边也不一定就有钱偿付书价,他留下以后,什么时候有了钱就还账,没有钱就用别的书来对换。他自己也印了一些珍贵的古籍,比如《插图本中国文学史》《玄览堂丛书》之类。他有时候也用这些书去还书债。书贾愿意拿什么书,就拿什么书。他什么东西都喜欢大,喜欢多,出书也有独特的气派,与众不同。所有这一切我们也都觉得很好玩,很可爱。这更增加我们对他的敬爱。在我们眼中,西谛先生简直像长江大河,汪洋浩瀚;泰山华岳,庄严敦厚。当时的某一些名人同他一比,简直如小水洼、小土丘一般,有点儿微末不足道了。

但是时间只是不停地逝去,转瞬过了四年,大学要毕业了。清华大学毕业以后,我回到故乡去,教了一年高中。我学的是西洋文学,教的却是国文,用现在的话说,就是"不结合业务",因此心情并不很愉快。在这期间,我还同西谛先生通过信。他当时在上海,主编《文学》。我寄过一篇散文给他,他立即刊登了。他还写信给我,说他编了一个什么丛书,要给我出一本散文集。我没有去搞,所以也没有出成。过了一年,我得到一份奖学金,到很远的一个国家里去住了十年。从全世界范围来看,这正是一个天翻地覆的时代。在国内,有外敌入侵,大半个祖国变了颜色;在国外,正在进行着第二次世界大战。我在国外,挨饿先不必说,光是每天躲警报,就真够呛。杜甫的诗:"烽火连三月,家书抵万金。"我的处境是"烽火连十年,家书无从得"。同西谛先生当然失去了联系。

一直到了1946年的夏天,我才从国外回到上海。去国十年,飘洋万里,到了那繁华的上海,连个落脚的地方都没有。我曾在克家的榻榻米上睡过许多夜。这时候,西谛先生也正在上海。我同克家和辛笛去看过他几次,他还曾请我们吃过饭。他的老母亲亲自下厨房做福建菜,我们都非常感动,至今难以忘怀。当时上海反动势力极为猖獗。郑先生是他们的对立面。他主编一个争取民主的刊物,推动民主运动。反动派把他也看做眼中钉,据说是列入了黑名单。有一次,我同他谈到这个问题。完全出乎我的意料,他的面孔一下子红了起来,怒气冲冲,声震屋瓦,流露出极大的义愤与轻蔑。几十年来他给我的印象是和蔼可亲,平易近人,光风霁月,菩萨慈眉。我万万没有想到,他还有另一面:疾恶如仇,横眉冷对,疾风迅雷,金刚怒目。原来我只是认识了西谛先生的一面,对另一面我连想都没有想过。现在总算比较完整地认识西谛先生了。

有一件事情,我还要在这里提一下。我在上海时曾告诉郑先生,我已应北京大学之聘,担任梵文讲座。他听了以后,喜形于色,他认为,在北京大学教梵文简直是理想的职业。他对梵文文学的重视和喜爱溢于言表。1948年,他在他主编的《文艺复兴·中国文学专号》的《题辞》中写道:"关于梵文学和中国文学的血脉相通之处,新近的研究呈现了空前的辉煌。北京大学成立了东方语文学系,季羡林先生和金克木先生几位都是对梵文学有深刻研究的。……在这个'专号'里,我们邀约了王重民先生、季羡林先生、万斯年先生、戈宝权先生和其他几位先生们写这个'专题'。我们相信,这个工作一定会给国内许多的做研究工作者们以相当的感奋的。"西谛先生对后学的鼓励之情洋溢于字里行间。

解放后不久,西谛先生就从上海绕道香港到了北京。我们都熬过了寒冬,迎来了春天,又在这文化古都见了面,分外高兴。又过了不久,他同我都参加了新中国开国后派出去的第一个大型文化代表团,到印度和缅甸去访问。在国内筹备工作进行了半年多,在国外和旅途中又用了四五个月。我认识西谛先生已经几十年了,这一次是我们相聚最长的一次,我认识他也更清楚了,他那些优点也表露得更明显了。我更觉得他像一个不失其赤子之心的大孩子,胸怀坦荡,耿直率真。他喜欢同人辩论，有时也说一些歪理。但他自己却一本正经，他同别人抬杠而不知是抬杠。我们都开玩笑说，就抬杠而言，他已达到出神入化的境界，应该选他为"抬杠协会主席"，简称之为"杠协主席"。出国前在检查身体的时候，他糖尿病已达到相当严重的程度，有几个"+"号。别人替他担忧，他自己却丝毫不放在心上，喝酒吃点心如故。他那豁达大度的性格，在这里也表现得非常鲜明。

回国以后，我经常有机会同他接触。他担负的行政职务更重了。有一段时间，他在北海团城里办公，我有时候去看他，那参天的白皮松给我留下了难忘的印象。这时候他对书的爱好似乎一点儿也没有减少。有一次他让我到他家去吃饭。他像从前一样，满屋堆满了书，大都是些珍本的小说、戏剧、明清木刻，满床盈案，累架充栋。一谈到这些书，他自然就眉飞色舞。我心里暗暗地感到庆幸和安慰，我暗暗地希望西谛先生能够这样活下去，多活上许多年，多给人民做一些好事情……

但是正当他充满了青春活力，意气风发，大踏步走上前去的时候，好像一声晴天霹雳，西谛先生不幸过早地离开我们了。他逝世时的情况是什么样子，谁也说不清楚。我时常自己描绘，让幻想驰骋。我知道，这样幻想是毫无意义的，但是自己无论如何也排除不掉。过了几年就爆发了"文化大革命"。我同许多人一样被卷了进去。在以后的将近十年中，我是如临深渊，如履薄冰，天天在战战兢兢地过日子，想到西谛先生的时候不多。间或想到他，心里也充满了矛盾：一方面希望他能活下来，另一方面又庆幸他没有活下来，否则他一定也会同我一样戴上种种的帽子，说不定会关进牛棚。他不幸早逝，反而成了塞翁失马了。

现在，恶贯满盈的"四人帮"终于被打倒了。普天同庆，朗日重辉。但是痛定思痛，我想到西谛先生的次数反而多了起来。将近五十年前的许多回忆，清晰的、模糊的、整齐的、零乱的，一齐涌入我的脑中。西谛先生的一举一动，一颦一笑，时时奔来眼底。我越是觉得前途光明灿烂，就越希望西谛先生能够活下来。像他那样的人，我们是多么需要啊。他一生为了保存祖国的文化，付出了多么巨大的劳动！如果他还能活到现在，那该有多好！然而已经发生的事情是永远无法挽回的。"念天地之悠悠"，我有时甚至感到有点凄凉了。这同我当前的环境和心情显然是有矛盾的，但我无论如何也抑制不住自己。我常常不由自主地低吟起江文通的名句来：

　　春草暮兮秋风惊，秋风罢兮春草生；绮罗毕兮池馆尽，琴瑟灭兮丘垄平。自古皆有死，莫不饮恨而吞声。

呜呼！生死事大，古今同感。西谛先生只能活在我们回忆中了。

1980年1月8日初稿
1981年2月2日修改

Wala

总有一个女孩子的面影飘动在我的眼前：淡红的双腮，圆圆的大眼睛。这面影对我这样熟悉，却又这样生疏。每次当它浮起来的时候，我一点也不去理会，它只是这么摇摇曳曳地在我眼前浮动一会，蓦地又暗淡下去，终于消逝到不知什么地方去了。我的记忆也自然会随了这消逝去的影子追上去，一直追到六年前的波兰车上。

也是同现在一样的夏末秋初的天气，我在赤都游了一整天以后，脑海里装满了红红绿绿的花坛的影像，走上波德通车。我们七个中国同学占据了一个车厢，谈笑得颇为热闹。大概快到华沙了吧，车里渐渐暗了下来，这时忽然走进一个年青的女孩子来。我只觉得有一个秀挺的身影在我眼前一闪，还没等我细看的时候，她已经坐在我的对面。我的地理知识本来不高明。在国内的时候，对波兰我就不大清楚，对波兰的女孩子更模糊成一团。后来读到一位先生游波兰描写波兰女孩子的诗，当时的印象似乎很深，但不久就渐渐淡了下来，终于连一点痕迹都没有了。然而现在自己竟到了波兰，而且对面就坐了一个美丽的波兰女孩子：淡红的双腮，圆圆的大眼睛。

倘若在国内的话，七个男人同一个孤身的女孩子坐在一起，我们即使再道学,恐怕也会说一两句带着暗示的话,让女孩子红上一阵脸,我们好来欣赏娇羞含怒然而却又带笑的态度。然而现在却轮到我们红脸了。女孩子坦然地坐在那里,脸上挂着一丝微笑,把我们七个异邦的青年男子轮流看了一遍,似乎想要说话的样子。但我们都仿佛变成在老师跟前背不出书来的小学生,低了头,没有一个人敢说些什么。终于还是女孩子先开了口。她大概知道我们不能说波兰话,只用德文问我们会说哪一国的话。我们七个中有一半没学过德文。我自己虽然学过,但也只是书本子里的东西。现在既然有人问到了,也只好勉强回答说自己会说德文。谈话也就开始了,而且还是愈来愈热闹。我们真觉得语言的功用有时候并不怎样大,静默或其他别的动作还能表达更多更复杂更深刻的思想。当时我们当然不能长篇大论地叙述什么,有的时候竟连意思都表达不出来,这时我们便相对一笑,在这一笑里,我们似乎互相了解了更多更深的东西。刚才她走进来的时候,先很小心地把一个坐垫放在座位上,然后坐下去。经过了也不知道多少时候,我蓦地发现这坐垫已经移到一位中国同学的身子下面去;然而他们两个人都没注意到,当时热闹的情形也可以想见了。

在满洲里的时候,我们曾经买了几瓶啤酒似的东西。一路上,每到一个大车站,我们就下去用铁壶提开水来喝,这几瓶东西却始终珍惜着没有打开。现在却仿佛蓦地有一个默契流过我们每个人的心中,一位同学匆匆忙忙地找出来了一瓶打开,没有问别人,其余的人也都兴高采烈地帮忙找杯子,没有一个人有半点反对的意思。不用说,我们第一杯是捧给这位美丽的女孩子的。她用手接了,先不喝,问我这是什么。我本来不很知道这究竟是什么,反正不过是酒一类的东西,而且我脑子里关于这方面的德文字也就只有一个酒字,就顺口回答说:"是酒。"她于是喝了一口,立刻抬起眼含着笑仿佛谴责似的问着我说:"你说是酒?"这双眼睛这样大,这样亮,又这样圆,再加上玫瑰花似的微笑,这一切深深地压住了我的心,我本来没有意思辩解,现在更没话可说,其实也不能说什么话了。她没有再说什么,拿出她自己带来的饼干分给我们吃。我们又吃又喝,忘记了现在是在火车上,是在异域;忘记了我们是初相识的异国的青年男女,根本忘记了我们自己,忘记了一切。她皮包里带着许多相片,她一张一张地拿给我们看。我们也把我们身边带的书籍画片,甚至连我们的毕业证书都找出来给她看。小小的车厢里充满了融融的欣悦。一位同学忽然问她叫什么名字,她立刻毫不忸怩地把自己的名字写在我们的簿子上:Wala,一个多么美妙令人一听就神往的名字!

大概将近半夜了吧,我走到另外一个车厢里想去找一个地方睡一会。终于在一个角落里找到一个位子。对面坐了一位大鼻子的中年人。才一出国,看到满车外国人,已经有点觉得生疏;再看了他这大鼻子,仿佛自己已经走进了一个童话的国土里来,有说不出的感觉。这大鼻子仿佛有魔力,把我的眼睛吸住,我非看不行。我敢发誓,我一生还没有看到这样大的鼻子。他耳朵上又罩上了无线电收音机,衬上这生在脸正中的一块大肉，这一切合起来凑成一幅奇异的图案画，看了我再也忍不住笑起来。但他偏又高兴同我说话，说着破碎的英语，一手指着自己的头，一手指着远处坐着的Wala，头摇了两摇，奇异的图案画上浮起一丝鄙夷微笑。我抬起头来看了看Wala，才发现她头上戴了一顶红红绿绿的小帽子。刚才我竟没有注意到，我的全部精神都让她的淡红的双腮同圆圆的大眼睛吸住了。现在忽然发现她头上的小帽子，只觉得更增加了她的妩媚。一直到现在我还不明白，这位中年人为何讨厌这一顶同她的秀美的面孔相得益彰的小帽子。

我现在已经忆不起来，我们是怎样分的手。大概是我们，至少是我，坐着朦朦胧胧地睡了会，其间Wala就下了车。我当时醒了后确曾觉得非常值得惋惜，我们竟连一声再会都没能说，这美丽的女孩子就像神龙似的去了。我仿佛看了一个夏夜的流星。但后来自己到了德国，蓦地投到一个新的环境里去，整天让工作压得不能喘一口气。以前在国内的时候，无论是做学生，是教书，尽有余裕的时间让自己的幻想出去飞一飞，上至青天，下至黄泉，到种种奇幻的世界里去翱翔，想到许多荒唐的事情，摹绘给自己种种金色的幻影，然后再回到这个世界里来。现在每天对着自己的全是死板板的现实，自己再没有余裕把幻想放出去，Wala的影子似乎已经从我的记忆里消逝了去，我再也想不到她了。这样就过去了六个年头。

前两天，一个细雨萧索的初秋的晚上，一位中国同学到我家里来闲谈。谈到附近一个菜园子里新近来了一个波兰女孩子在工作。这女孩子很年青，长得又非常美丽，父母都很有钱。在波兰刚中学毕业，正要准备进大学的时候，德国军队冲进波兰。在听过几天飞机大炮以后，于是就来了大恐怖，到处是残暴与血光。在风声鹤唳的情况里过了一年，正在庆幸着自己还能活下去的时候，又被希特勒手下的穿黑衣服的两足走兽强迫装进一辆火车里运到德国来，终于被派到哥廷根来，在这个菜园子里做下女。她天天做着牛马的工作，受着牛马的待遇，一生还没有做过这样的苦工。出门的时候，衣襟上还要挂上一个绣着P字的黄布，表示她是波兰人，让德国人随时都能注意她的行动；而且也只能白天出门，晚上出去捉起来立刻入监狱。电影院戏院一类娱乐的地方是不许她去的。衣服票鞋票当然领不到，衣服鞋破了也只好将就着穿，所以她这样一个年青又美丽的女孩子，衣服是破烂不堪的，脚下穿的又是木头鞋。工资少到令人吃惊。回家的希望简直更渺茫，只有天知道，她什么时候能再见到她的故乡，她的父母！我的朋友也不由得叹了一口气。

　　我的眼前电火似的一闪，立刻浮起Wala的面影，难道这个女孩子就是Wala么？但立刻我又自己否认，这不会是她的，天下不会有这样凑巧的事情。然而立刻又想到，这女孩子说不定就是Wala，而且非是她不行；命运是非常古怪的，它有时候会安排下出人意料的事情。就这样，我的脑海里纷乱成一团，躺下无论如何也睡不着，伏在枕上听窗外雨声滴着落叶，一直到不知什么时候。

第二天早晨起来，到研究所去的时候，我就绕路到那菜园子去。这里我以前本来是常走的，一切我都很熟悉。但今天我看到这绿绿的菜畦，黄了叶子的苹果树，中间一座两层的小楼，我的眼前发亮，一切都蓦地对我生疏起来，我仿佛第一次看到这许多东西，我简直失了神似的，觉得以前菜畦没有这样绿，苹果树的叶子也没有黄过，中间并没有这样一座小楼。但现在却清清楚楚地看到眼前有这样一座楼，小小的红窗子就对着黄了叶子的苹果林，小巧得古怪又可爱。我注视这窗口，每一刹那我都盼望着，蓦地会有一个女孩子的头探出来，而且这就是Wala。在黄了叶子的苹果树下面，我也每一刹那都在盼望着，蓦地会有一个秀挺的少女的身影出现，而且这也就是Wala。但我什么也没看到。我带了一颗失望的心走到研究所，工作当然做不下去。黄昏回家的时候，我又绕路从这菜园子旁边走过，我直觉地觉得反正在离我住的地方不远的小楼里有一个Wala在；但我却没有一点愿望再看这小楼，再注视这窗口，只匆匆走过去，仿佛是一个被检阅的兵士。

以后，我每天要绕路到那菜园子附近去走上两趟。我什么也没看到，而且我也不希望看到什么，因为我现在已经知道，这女孩子不会是Wala了。不看到，自己心里终究有一个极渺茫极不成希望的希望：说不定她就真是Wala。怀了这渺茫的希望，回到家来，每当夜深人静的时候，就把幻想放出去，到种种奇幻的世界里去翱翔，想到许多荒唐的事情，给自己摹描种种金色的幻影。这幻想会自然而然地把我带到六年前的波兰车上。我瞪大了眼睛向眼前的空虚处看去，也自然而然地有一个这样熟悉而又这样生疏的女孩子的面影摇摇曳曳地浮现起来：淡红的双腮，圆圆的大眼睛。

我每次想到的就是这似乎平淡然而却又很深刻的诗句："同是天涯沦落人。"因为，我已经再不怀疑，即使这女孩子不是 Wala，但 Wala 的命运也不会同这女孩子的有什么区别，或者还更坏。她也一定是在看过残暴与血光以后，被另外一个希特勒手下的穿黑衣服的两足走兽强迫装进一辆火车里拖到德国来，在另一块德国土地上，做着牛马的工作，受着牛马的待遇，出门的时候也同样要挂上一个 P 字黄牌，同样不能看到她的父母，她的故乡。但我自己的命运又有什么两样呢？不正有另一群兽类在千山万山外自己的故乡里散布残暴与火光吗？故乡的人们也同样做着牛马的工作，受着牛马的待遇，自己也同样不能见到自己的家属，自己的故乡。"同是天涯沦落人"，但是我们连"相逢"的机会都没有，我真希望我们这曾经一度"相识"者能够相对流一点泪，互相给一点安慰。但是，即使她现在有泪，也只好一个人独洒了，她又到什么地方能找到我呢？有时候，我曾经觉得世界小过，小到令人连呼吸都不自由；但现在我却觉得世界真正太大了。在茫茫的人海里，找寻她，不正像在大海里找寻一粒芥子么？我们大概终不能再会面了。

1941年于德国哥廷根

忆章用

我一直到现在还不能相信,他竟撒手离开现在的这个世界去了。我自己的生命虽然截止到现在还说不上怎样太长;但在这不太长的过去的生命中,他的出现却更短,短到令人怀疑是不是曾经有过这样一回事。倘若要用一个譬喻的话,我只能把他比作一颗夏夜的流星,在我的生命的天空中,蓦地拖了一条火线出现了,蓦地又消逝到暗冥里去。但在这条火线留下的影子却一直挂在我的记忆的丝缕上,到现在,已经是隔了几年了,忽然又闪耀了起来。

人的记忆也是怪东西,在每一天,不,简直是每一刹那,自己所遇到的大大小小的事情中,在风起云涌的思潮中,有后来想起来认为是极重大的事情,但在当时看过想过后不久就忘却了,费很大的力量才能再回忆起来。但有的事情,譬如说一个人笑的时候脸部构成的图形,一条柳枝摇曳的影子,一片花瓣的飘落,在当时,在后来,都不认为有什么不得了;但往往经过很久很久的时间,却能随时能明晰地浮现在眼前,因而引起一长串的回忆。到现在很生动地浮现在我眼前,压迫着我想到俊之(章用)的,就是他在谈话中间静默时神秘地向眼前空虚处注视的神态。

但说来已经是六年前的事情了。六年前的深秋，我从柏林来到哥廷根。第二天起来，在街上走着的时候，觉得这小城的街特别长，太阳也特别亮，一切都浸在一片白光里。过了几天，就在这样的白光里，我随了一位中国同学走过长长的街去访俊之。他同他母亲赁居一座小楼房的上层，四周全是花园。这时已经是落叶满地，树头虽然还挂了几片残叶，但在秋风中却只显得孤伶了。那一次究竟说了些什么话，现在已经记不清了。似乎他母亲说话最多，俊之并没有说多少。在谈话中间静默的一刹那，我只注意到，他的目光从眼镜边上流出来，神秘地注视着眼前的空虚处。

就这样，我们第一次见面他给我的印象是颇平常的；但不知为什么，以后竟常常往来起来。他母亲人非常慈和，很能谈话。每次会面，都差不多只有她一个人独白，每次都感觉不到时间的逝去，等到觉得屋里渐渐暗起来，却已经晚了，结果每次都是仓仓促促辞了出来，摸索着走下黑暗的楼梯，赶回家来吃晚饭。为了照顾儿子，她在这离开故乡几万里的寂寞的小城里陪儿子一住就是七八年，只是这一件，就足以打动了天下失掉了母亲的孩子们的心，让他们在无人处流泪，何况我又是这样多愁善感？又何况还是在这异邦的深秋呢？我因而常常想到在故乡里萋萋的秋草下长眠的母亲，到俊之家里去的次数也就多起来。

哥廷根的秋天是美的，美到神秘的境地，令人说不出，也根本想不到去说。有谁见过未来派的画没有？这小城东面的一片山林在秋天就是一幅未来派的画。你抬眼就看到一片耀眼的绚烂。只说黄色，就数不清有多少等级，从淡黄一直到接近棕色的深黄，参差地抹在这一片秋林的梢上，里面杂了冬青树的浓绿，这里那里还点缀上一星星的鲜红，给这惨淡的秋色涂上一片凄艳。就在这林子里，俊之常陪我去散步。我们不知道曾留下多少游踪。林子里这样静，我们甚至能听到叶子辞树的声音。倘若我们站下来，叶子也就会飘落到我们身上。等到我们理会到的时候，我们的头上肩上已经满是落叶了。间或前面树丛里影子似的一闪，是一匹被我们惊走的小鹿，接着我们就会听到窸窣的干叶声，渐远，渐远，终于消逝到无边的寂静里去。谁又会想到，我们竟在这异域的小城里亲身体会到"叶干闻鹿行"的境界？但这情景都是后来回忆时才觉到的，在当时，我们却没有，或者可以说很少注意到：我们正在热烈地谈着什么。他虽然念的是数学；但因为家学渊源，对中国旧文学很有根底，作旧诗更是经过名师的指导，对哲学似乎比对数学的兴趣还要大。我自己虽然一无所成；但因为平常喜欢浏览，所以很看了些旧诗词，而且自己对许多文学上的派别和几个诗人还有一套看法。平时难得解人，所以一直闷在心里，现在居然有人肯听，于是我就一下子倾出来。看了他点头赞成的神气，我的意趣更不由地飞动起来，我忘记了时间，忘记了世界，连自己也忘记了。往往是看到桦树的白皮上已经涂上了淡红的夕阳，才知道是应该下山的时候。走到城边，就看到西面山上一团紫气，不久天上就亮起星星来了。

等到林子里最后的几片黄叶也落净了的时候，不久就下了第一次的雪。哥城的冬天是寂寞的。天永远阴沉，难得看到几缕阳光。在外面既然没有什么可看，人们又觉得炉火可爱起来。有时候在雪意很浓的傍晚，他到我家里来闲谈。他总是靠近炉子坐在沙发上，头靠在后面的墙上。我们总有说不完的话，大半谈的仍然是哲学宗教上的问题；但转来转去，总转到中国旧诗上。他说话没有我多。当我滔滔不绝地说着的时候，他只是静静地听，脸上又浮起那一片神秘的微笑，眼光注视着眼前的空虚处。同我一样，他也会忘记了时间，现在轮到他摸索着走下黑暗的楼梯赶回家去吃晚饭了。

后来这情形渐渐多起来。等到我们再聚到一起的时候，章伯母就笑着告诉我，自从我到了哥廷根，他儿子仿佛变了一个人，以前同他母亲也不大多说话，现在居然有时候也显得有点活泼了。他在哥城八年，除了间或到范禹（龙丕炎）家去以外，很少到另外一位中国同学家里去，当然更谈不到因谈话而忘记了吃晚饭。多少年来，他就是一个人到大学去，到图书馆去，到山上去散步，不大同别人在一起。这情形我都能想象得到，因为无论谁只要同俊之见上一面，就会知道，他是孤高一流的人物。这样一个人怎么能够同其他油头粉面满嘴里离不开跳舞电影的留学生们合得来呢？

但他的孤高并不是矫揉造作的，他也并没有意思去装假名士。章伯母告诉我，他在家里，也总是一个人在思索着什么，有时坐在那里，眼睛愣愣的，半天不动。他根本不谈家常，只有谈到学问,他才有兴趣。但老人家的兴趣却同他的正相反,所以平常时候母子相对也只有沉默着一句话也不说了。他对吃饭也感不到多大兴趣,坐在饭桌旁边,嘴里嚼着什么,眼睛并不看眼前的碗同菜,脑筋里似乎正在思索着只有他自己知道的问题。有时候,手里拿着一块面包,站起来,在屋里不停地走,他又沉到他自己独有的幻想的世界里去。倘若叫他吃,他就吃下去;倘若不叫他,他也就算了。有时候她同他开个玩笑,问他刚才吃的是什么东西,他想上半天,仍然说不上来。这是他自己说起来都会笑的。过了不久,我就有机会证实了章伯母的话。这所谓"不久",我虽然不能确切地指出时间来;但总在新年过后的一二月里,小钟似的白花刚从薄薄的雪堆里挣扎出来,林子里怕已经抹上淡淡的一片绿意了。章伯母因为有事情到英国去了,只留他一个人在家里。我因为学系不能决定,有时候感到异常的烦闷,所以就常在傍晚的时候到他家里去闲谈。我差不多每次都看到桌子上一块干面包,孤伶地伴着一瓶凉水。问他吃过晚饭没有,他说吃过了。再问他吃的什么,他的眼光就流到那一块干面包和那一瓶凉水上去,什么也不说。他当然不缺少钱买点香肠牛奶什么的;而且煤气炉子也就在厨房里,只要用手一转,也就可以得到一壶热咖啡;但这些他都没做,也许是忘记了,也许根本没有兴致想到这些琐碎的事情,他脑筋里正盘旋着什么问题。在这时候,最简单的办法当然就是向面包盒里找出他母亲吃剩下的面包,拧开凉水管子灌满一瓶,草草吃下去了事。既然吃饭这事情非解决不行,他也就来解决；至于怎样解决，那又有什么重要呢？反正只要解决过，他就能再继续他的工作，他这样就很满意了。

我将怎样称呼他这样一个人呢？在一般人眼中，他毫无疑问的是一个怪人，而且他和一般人，或者也可以说，一般人和他合不来的原因恐怕也就在这里面。但我从小就有一个偏见，我最不能忍受四平八稳处事接物面面周到的人物。我觉得，人不应该像牛羊一样，看上去都差不多，人应该有个性。然而人类的大多数都是看上去都差不多的角色。他们只能平稳地活着，又平稳地死去，对人类对世界丝毫没有影响。真正大学问大事业是另外几个同一般人不一样，甚至被他们看作怪人和呆子的人做出来的。我自己虽然这样想，甚至也试着这样做过，也竟有人认为我有点怪；但我自问，有的时候自己还太妥协平稳，同别人一样的地方还太多。因而我对俊之，除了羡慕他的渊博的学识以外，对他的为人也有说不出来的景仰了。

在羡慕同景仰两种心情下，我当然高兴常同他接近。在他那方面，他也似乎很高兴见到我。到现在还不能忘记，每次我找他到小山上去散步，他都立刻答应，而且在非常仓皇的情形下穿鞋穿衣服，仿佛一穿慢了，我就会逃掉似的。我们到一起，仍然有说不完的话，我们谈哲学，谈宗教，仍然同以前一样，转来转去，总转到中国旧诗上去。他把他的诗集拿给我看，里面的诗并不多，只是薄薄的一本。我因为只仓卒翻了一遍，现在已经记不清，里面究竟有些什么诗。我用尽了力想，只能想起两句来："频梦春池添秀句，每闻夜雨忆联床。"他还告诉我,到哥城八年,先是拼命念德文,后来入了大学,又治数学同哲学,总没有余裕和兴致来写诗;但自从我来以后,他的诗兴仿佛又开始汹涌起来,这是连他自己都没想到的——

果然,过了不久,又在一个傍晚,他到我家里来。一进门,手就向衣袋里摸,摸出来的是一个黄色的信封,里面装了一张硬纸片,上面工整地写着一首诗:

> 空谷足音一识君
> 相期诗伯苦相薰
> 体裁新旧同尝试
> 胎息中西沐见闻
> 胸宿赋才徕物与
> 气嘘史笔发清芬
> 千金散尽孰轻重
> 后世凭猜定小文

我看了脸上直发热。对旧诗,我虽然喜欢胡谈乱道;但说到做,我却从来没尝试过,可以说是一个十足的门外汉,我哪里敢做梦做什么"诗伯"呢?但他的这番意思我却只有心领了。

这时候,我自己的心情并不太好,他也正有他的忧愁。七八年来,他一直过着极优裕的生活。近一两年来,国内的地租忽然发生了问题,于是经济来源就有了困难。对于他这其实都算不了什么,因为我知道,只要他一开口,立刻就会有人自动地送钱给他用,而且,据他母亲告诉我,也真的已经有人寄了钱来,譬如一位德国朋友,以前常到他家里去吃中国饭,现在在另外一个大学里当讲师,就寄了许多钱来,还愿意以后每月寄。然而俊之都拒绝了。我也同他谈过这事情,我觉得目前用朋友几个钱完成学业实在是无伤大雅的;但他却一概不听,也不说什么理由,我自己根本没有多少钱,领到的钱也不过刚够每月的食宿,一点也不能帮他的忙。最初听到他说,他不久就要回国去筹款,心中有说不出的难过。后来他这计划终于成为事实了。每次到他那里去,总看到他忙忙碌碌地整理书籍。我不愿意看这一堆堆横七竖八躺在地上的书籍。我觉得有什么地方对他不起,心里凭空惭愧起来。

在不知不觉时,时间已经由暮春转入了初夏。哥廷根城又埋到一团翠绿里去。俊之起程的日子也决定了。在前一天的晚上,我们替他饯行,一直到深夜才走出市政府的地下餐厅。我同他并肩走在最前面。他平常就不大喜欢说话,今天更不说了,我们只是沉默着走上去,听自己的步履声在深夜的小巷里回响,终于在沉默里分了手。我不知道他怎么样,我是一夜在床上翻来覆去地睡不着。第二天天一亮我就到他家去了。他已经起来了。我本来预备在我们离别前痛痛快快谈一谈,我仿佛有许多话要说似的;但他却坚决要到大学里去上一堂课。他母亲挽留也没有用。他嘴里只是说,他要去上"最后一课","最后"两个字说得特别响,脸上浮着一片惨笑。我不敢接触他的目光，但我却能了解他的"客树回看成故乡"的心情。谁又知道，这一堂课就真的成了他的"最后一课"呢？

就这样，俊之终于离开他的第二故乡哥廷根，离开了我，从那以后，我就再没有看到他。路上每到一个停船的地方，他总有信给我。他知道我正在念梵文，还剪了许多报上的材料寄给我。此外还寄给我了许多诗。回国以后，先在山东大学教数学。在这期间，他曾写过一封很长的信给我，报告他的近况，依然是牢骚满腹。后来又转到浙江大学去。情形如何，我不大清楚。不久战争也就波及浙江，他随了大学辗转迁到江西。从那里，我接到他一封信，附了一卷诗稿，把他回国以后作的诗都寄给我了。他仿佛预感到自己已经不久于人世，赶快把诗抄好，寄给一个朋友保存下去，这个朋友他就选中了我。我一直到现在还不相信，这是偶然的，他似乎故意把这担子放在我的肩上。

从那以后，我从他那里再没听到什么。不久范禹来了信，报告他的死。他从江西飞到香港去养病，就死在那里。我真没法相信这是真的，难道范禹听错了消息了么？但最后我却终于不能不承认，俊之是真的死了，在我生命的夜空里，他像一颗夏夜的流星似的消逝了，永远消逝了。

我们相处一共不到一年。一直到离别还互相称做"先生"。在他没死之前，我不过觉得同他颇能谈得来，每次到一起都能得到点安慰，如此而已。然而他的死却给了我一个回忆沉思的机会，我蓦地发现，我已于无意之间损失了一个知己，一个真正的朋友。在这茫茫人世间究竟还有几个人能了解我呢？俊之无疑是真正能够了解我的一个朋友。我无论发表什么意见，哪怕是极浅薄的呢，从他那里我都能得到共鸣的同情。但现在他竟离开这人世去了。我陡然觉得人世空虚起来。我站在人群里，只觉得自己的渺小和孤独，我仿佛失掉了倚靠似的，徘徊在寂寞的大空虚里。

哥廷根仍然同以前一样地美，街仍然是那样长，阳光仍然是那样亮。我每天按时走过这长长的街到研究所去，晚上再回来。以前我还希望，俊之回来的时候，我们还可以逍遥在长街上高谈阔论；但现在这希望永远只是希望了。我一个人拖了一条影子走来走去：走过一个咖啡馆，我回忆到我曾同他在这里喝过咖啡消磨了许多寂寞的时光；再向前走几步是一个饭馆，我又回忆到，我曾同他每天在这里吃午饭，吃完再一同慢慢地走回家去；再走几步是一个书店，我回忆到，我有时候呆子似的在这里站上半天看玻璃窗子里面的书，肩头上蓦地落上了一只温暖的手，一回头是俊之，他也正来看书窗子；再向前走几步是一个女子高中，我又回忆到，他曾领我来这里听诗人念诗，听完在深夜里走回家，看雨珠在树枝上珠子似的闪光——就这样，每一个地方都能引起我的回忆，甚至看到一块石头，也会想到，我同俊之一同在上面踏过；看了一枝小花，也会回忆到，我同他一同看过。然而他现在却撒手离开这个世界走了，把寂寞留给我。回忆对我成了一个异常沉重的负担。

今年秋天，我更寂寞得难忍。我一个人在屋里无论如何也坐不下去，四面的墙仿佛都起来给我以压迫。每天吃过晚饭，我就一个人逃出去到山下大草地上去散步。每次都走过他同他母亲住过的旧居：小楼依然是六年前的小楼，花园也仍然是六年前的花园，连落满地上的黄叶，甚至连树头残留着的几片孤零的叶子，都同六年前一样；但我的心情却同六年前的这时候大大的不相同了。小窗子依然开对着这一片黄叶林。我以前在这里走过不知多少遍，似乎从来没有注意过这样一个小窗子；但现在这小窗子却唤回我的许多记忆，它的存在我于是也注意到了。在这小窗子里面，我曾同俊之同坐过消磨了许多寂寞的时光，我们从这里一同看过涂满了凄艳的彩色的秋林，也曾看过压满了白雪的琼林，又看过绚烂的苹果花，蜜蜂围了嗡嗡地飞；在他离开哥廷根的前几天，我们都在他家里吃饭，忽然扫过一阵暴风雨，远处的山、山上的树林，树林上面露出的俾斯麦塔都隐入渶濛的云气里去：这一切仿佛是一幅画，这小窗子就是这幅画的镜框。我们当时都为自然的伟大所压迫，半天说不出一句话来，只是沉默着透过这小窗注视着远处的山林。当时的情况还历历如在眼前；然而曾几何时，现在却只剩下我一个人在满了落叶的深秋的长街上，在一个离故乡几万里的异邦的小城里，呆呆地从下面注视这小窗子了，而这小窗子也正像蓬莱仙山可望而不可及了。

逝去的时光不能再捉回来，这我知道；人死了不能复活，这我也知道。我到现在这个世界上来活了三十年，我曾经看到过无数的死：父亲，母亲和婶母都悄悄地死去了。尤其是母亲的死在我心里留下无论如何也补不起来的创痕。到现在已经十年了，差不多隔几天我就会梦到母亲，每次都是哭着醒来。我甚至不敢再看讲母亲的爱的小说、剧本和电影。有一次偶然看一部电影片，我一直从剧场里哭到家。但俊之的死却同别人的死都不一样：生死之悲当然有；但另外还有知己之感。这感觉我无论如何也排除不掉。我一直到现在还要问：世界上可以死的人太多太多了，为什么单单死俊之一个人？倘若我不同他认识也就完了；但命运却偏偏把我同他在离祖国几万里的一个小城里拉在一起，他却又偏偏死去。在我的饱经忧患的生命里再加上这幕悲剧，难道命运觉得对我还不够残酷吗？

但我并不悲观，我还要活下去。有的人说："死人活在活人的记忆里。"俊之就活在我的记忆里。只是为了这，我也要活下去。当然这回忆对我是一个无比的重担；但我却甘心肩起这一份重担，而且还希望能肩下去，愈久愈好。

五年前开始写这篇东西，那时我还在德国。中间屡屡因了别的研究工作停笔，终于剩了一个尾巴，没能写完。现在在挥汗之余勉强写起来，离开那座小城已经几万里了。

1946年7月23日写于南京